理解

轻度
PSYCHOLOGY

现实

困惑

聊龄集

千日不匆匆
一位心理学家的生命日记

彭聃龄 著

中国纺织出版社有限公司

内容提要

这是一段真实的经历,讲述了一位心理学者在陪伴妻子与疾病抗争的过程中对生命的感悟与思考。这是一本日记,记录了妻子在面对死亡威胁时对生命的渴望,记录了医务工作者对绝症的探索与无奈,记录了丈夫以科研的精神剖析自己心态变化的历程。本书如岁月流逝般静静讲述,如静水深流样沉沉思考,带给我们积极面对生活的鼓励与安慰。

图书在版编目(CIP)数据

千日不匆匆:一位心理学家的生命日记 / 彭聃龄著. 北京:中国纺织出版社有限公司,2024.7. --(聃龄集). --ISBN 978-7-5229-1894-5

Ⅰ. I267.5

中国国家版本馆CIP数据核字第2024WC4422号

责任编辑:刘宇飞 责任校对:寇晨晨 责任印制:王艳丽

中国纺织出版社有限公司出版发行
地址:北京市朝阳区百子湾东里A407号楼 邮政编码:100124
销售电话:010—67004422 传真:010—87155801
http://www.c-textilep.com
中国纺织出版社天猫旗舰店
官方微博 http://weibo.com/2119887771
北京华联印刷有限公司印刷 各地新华书店经销
2024年7月第1版第1次印刷
开本:889×1194 1/32 印张:7.125
字数:120千字 定价:58.00元

凡购本书,如有缺页、倒页、脱页,由本社图书营销中心调换

推荐序 1

金 真

战略支援部队特色医学中心放射诊断科

我与彭聃龄老师一个看病一个教书，本是"风马牛不相及"，无缘相识的。是人脑科学的研究让我们结缘，成了熟人、朋友。

20世纪末，国内高场磁共振仪器（MRI）寥若晨星，都安装在医院用于临床影像诊断工作。高校和科研院所想跟上国际学术发展，开展人脑功能成像研究只能求助于医院。当时我负责的 MRI 仪器是北京地区场强最高的，并且我从美国得克萨斯州学习了脑功能成像的扫描技术，因此很多研究者来院寻求合作。

在众多的合作者中，北师大彭聃龄老师的学生最多、实验最多、和我们的关系也最好。彭老师极具亲和力，和我们在一起时总是有说有笑，妙趣横生。我们的合作坦诚相见，融洽愉快。难能可贵的是，实验时他经常是全程参与，亲力亲为。

就在我们的合作开始后不久，彭老师的老伴儿病倒了，而且是卵巢癌晚期。彭老师的这本书详细记录了从他老伴儿发现病症到去世的全过程。尽管作为一名高年资医生，对于病人及其家属的心路历程并不陌生，但我还是被书中记录的那种深爱、责任感和无奈所感动。这本书值得所有希望了解如何与癌症相处的人阅读。

我想借彭老师的这本书给大家提几点建议：

1. 一定要定期全面体检

恶性肿瘤组织生长得非常快，但其初期从无到有的发展过程很长，不是以日计、以月计，而是以年计。单老师发现时病变直径已经超过10cm，非常大了。如果她每年做一次盆腔的影像检查（B超或者MRI），可能会在病灶2～3cm大时就发现了。单老师发现得太晚了，若定期做全面体检的话，至少应该可以提前2年发现。

想发现早期癌变病灶一定要靠先进的影像手段（B超，CT，MRI），这是无数误诊漏诊病例给我们的教训，单老师也是一例。

单老师有肠癌家族史，在体检中重点关注了肠道，做了肠镜检查，处理了息肉，这非常正确。遗憾的是忽略了全面体检，尤其是妇科肿瘤筛查。彭老师为此很是自责，认为是自己的无知导致的"误判"。其实彭老师无过，一般人怎能确切知道自己该以什么频次进行健康体检以及该查些什么项目呢？就连我的同事，身为医生，也难免百密一疏，一发现就是晚期癌症。

人过中年之后，最好到体检中心建立健康档案，体检医生会根据个人病史和家族病史，推荐合适的检查项目。

2. 心理状态很重要

有研究表明，人的心理状态直接影响免疫状态。这一点在彭老师的书中也得到证实。正如"吸引力法则"得到量子纠缠理论的支持，物质世界和精神世界间存在量子纠缠。一旦患病，应想尽一切办法让病人快乐起来，家属也要快乐起来。得了癌症不要悲悲切切，不但没用，反而有害。彭老师在书中谈到了一些愉悦身心的活动，这些也是振奋精神、改善心情的有益途径。

3. 理解医学的局限性

对于单老师的治疗，彭老师采用了做研究的精神与模式，呕心沥血，广泛调研，归纳整理，详细记录，总结回顾，拼尽了所有的力气。但最终想躲的还是来了，想留的还是走了。为什么呢？不是决策错误，也不是治疗失当，是医学的局限性。

对于恶性肿瘤，目前没有特效治疗。手术、化疗、放疗杀敌一千自损八百，会严重降低生活质量。中药扶正有些不错的病例，但缺少大数据，难以推广。一般而言，发现早、病灶小、分化高、有靶向药的病例治疗预后会比较好。可惜单老师不具备这几个有利因素。

对于癌症的治疗，正可谓"路漫漫其修远兮，吾将上下而求索"。在大自然和疾病面前，人有时不得不低下高贵的头颅。

衷心希望彭老师在以后的日子里，像以前和我们在一起做实验时那样，笑口常开。

愿大家珍爱生命，定期体检，健康快乐，与家人长久相伴。

推荐序 2

李荣宝

福建师范大学

在时间的长河中,大部分事件不过是流水中的一朵浪花,转眼间便远去无踪。然而,在个体的生命历程中,有些事件却会在记忆中永远存留,历久弥新,铭心刻骨!

2005 年 7 月,师母被诊断出卵巢癌,虽全力救治,最终还是因为癌细胞扩散,于 2008 年 4 月离世——历时千日。在此过程中,老师详细地记录了自己的所见、所做和所想。师母离世后,老师很长时间都无法走出哀痛。十年后的 2018 年,在一次交谈中,老师告诉我,师母离世后,他一直将那本日记的打印稿放在身边,常常翻看。我十分震惊,便问他能否将其出版。老师问我,这种日记是否有出版价值,并让我先看一看。老师将日记的电子版给了我以及丁国盛和马振玲等几位弟子。我们认真阅读了全文。读后大家的感受十分一致：震撼！

我读过不少癌症病人生前写的日记，如于娟的《此生未完成》和保罗卡拉尼什的《当呼吸化为空气》，这些日记是患者本人对生命的渴望和对医疗的无奈。老师的日记却完全不同，它讲述的是在亲人接受治疗的漫长岁月里，家人所经历的心路历程：希望、期待、焦虑、失望、重新振作……日记从家属的视角，以心理学家的敏锐感悟，对生死困境中的种种遭遇进行了饱满的心理叙事。它不只是对事件的简单记述，还是对生命价值和人类情感的特殊审美。

老师是北京师范大学心理系教授，从20世纪90年代开始，他的教学和科研任务越来越重，指导的硕士生和博士生也越来越多。就在师母得病时，他主持组建的脑科学国家重点实验室正处在关键的发展阶段，他需要投入大量的时间和精力。师母诊断出癌症，对老师来说无疑是晴天霹雳。原本井井有条的工作和生活，一下子完全乱了阵脚。老师的儿女都在国外，师母的治病求医和日常生活打理，全部落到了老师的身上。要知道，那时老师已年届古稀。然而，老师并没有被击垮，他迅速振作起来，像上足了发条的时钟，不停地转动！

作为一位知名的心理学家，面对亲人的生死困境，老师表现出了常人难以想象的坚定和从容，在如影随形的达摩克利斯剑之下，辗转于医院和实验室之间，为挽救师母的生命，老师不辞劳苦，四处求医问药，探寻良方，而且事必躬亲。从日记中我们可以读到，老师对任何一份检验报告都要亲自过目，对任何一项检验指标的变化都了如指掌。在相当长的一段时间里，师母病情很不稳定，癌症指标跌宕起伏，这无疑给人带来巨大的精神压力。但老师总是尽力安慰师母，并且陪同她奔波于各家医院和诊所之间，毫无怨言。虽然自己已心身疲惫，但是老师没有忽略实验室的建设、学生论文的选题和研究方案的拟定。可以想象，这样的日子该有多么艰难，需要怎样的毅力才能承受啊！

老师的儿女虽在国外，但他们并没有因为空间距离而疏忽母亲，在师母治病期间，他们频繁回国探望。日记中述说的一些细节，读来让人潸然泪下。每当不理想的检验报告出来，儿女都会通过各种方式去疏导母亲，让她树立继续治疗的信心。这些都是爱的写照！

一切努力都没能阻止癌细胞的扩散！在师母的生命即将被癌细胞吞噬的日子里，老师开始反思，并不断地拷问自己：既往治疗方案的选择正确吗？有没有更好的方法可选择？这些问题当然要由医生来回答，但这种反思反映了老师对不能挽救师母生命的歉疚和自责。

日记文笔细腻，情感真挚，语言朴实，思想深刻。读来像是在倾听贝多芬的《命运交响曲》，让人心灵震颤。

斯人已去，生活还在继续。愿老师福如东海，寿比南山。

推荐序 3

丁国盛

北京师范大学

读完彭老师的新书《千日不匆匆：一位心理学家的生命日记》，内心百感交集，久久不能平静。这是一段饱受煎熬的记忆，也是一份不绝如缕的思念，更是一篇富含哲理的反思与自我剖析。平实的文字，难掩其中的惊心动魄；细腻的笔触，让那段日渐远逝的艰难时光重新变得鲜活……

2005年7月28日，师母单老师在体检中发现了肿瘤。这突如其来的变故，瞬间把彭老师的家庭、事业都带进了一个难以控制的时空漩涡，产生了不可预料的深远影响。令人唏嘘的是，在半个多月前，2005年7月9日，我们来自京内京外同门弟子五十余人齐聚京师大厦宴会厅，欢聚一堂，共同庆祝彭老师七十大寿。那时彭老师精神抖擞，神采奕奕；单老师慈祥和蔼，笑容满面。彭老师和单老师席间还发表了热情洋溢的生日感言。而在更早些，彭老师洞悉时代趋势，带领我们从零起点开始学习新兴的脑成像技术，将研究方向从汉语认知转向汉语认知神经机制研究，刚收获了第一批有分量的研究成果，正踌躇满志，干劲十足。彼时谁都没想到，灾难会骤然降临。

彭老师从最初的震惊中很快调整了心态，开始陪单老师一起与病魔进行抗争，并将平日的治学态度和钻研精神用之于抗癌，对疾病、药品、疗法、饮食等各个环节进行了广泛调研和认真分析，反复推敲和细致论证。彭老师的日记，详细记录了单老师从体检发现异常、就医、住院、接受各种治疗直到去世的整个过程，包括初闻噩耗时的震惊与恐惧，每一次选择中的顾虑与纠结，手术成功时的喜悦与感激，病情复发时的不甘与焦虑，关怀治疗时的无奈与不舍，以及在照顾单老师和履职工作、精进事业之间力求平衡的"进""退"两难……在陪单老师抗击癌症的同时，彭老师并没有放弃自己承担的工作职责和实验室的建设任务，他坚持主持或参加重要的学术会议，在实验室检查评估中作为方向负责人做工作汇报，参加研究生论文答辩，与学生谈心、讨论文章修改等。

彭老师在谈到这些事情时总是非常谦逊。他当时已是七十岁高龄，子女又不在身边，尽管同事和学生在一些具体事务上可以帮忙，但治疗中几乎所有的重要事项彭老师只能独自面对和决策，此时还要兼顾学术研究和实验室建设。除了强烈的责任感和事业心，还需要坚强的毅力、认知控制能力与情绪管理能力，非常令人敬佩，值得我们学习和追随。

两位老师平日一向平等待人，与人为善，对别人的帮助总是念念不忘，心怀感激。比如，在手术治疗后，数次给医护人员写长长的感谢信。中秋节时，给医生、护士及楼下卖菜的老板送月饼。他们给医生写的数千字的建议书，希望改善医疗模式和医患关系，体现了他们强烈的社会责任感。

尽管单老师离开我们十六年了，但她的音容笑貌依然深深地印在我的脑海中，如在眼前。单老师对待我们就像对待自己的孩子，经常托彭老师带好吃的给我们分享，关心着我们的方方面面。还记得研二时的那个春节，我没有回山东老家，留在学校过年，彭老师就喊我去家里吃饭。在餐桌上，单老师不停地向我碗里夹菜，笨拙如我，不知如何拒绝，又怕浪费，就尽可能吃掉。单老师担心我吃不饱，就继续夹更多的菜，我继续尽可能不浪费，直到实在吃不动了。我"惊人的饭量"给两位老师留下了深刻的印象，以至于之后很长一段时间内，一起吃饭时我都会受到特别的照顾，他们怕我吃不饱……我毕业留校，结婚后不久，彭老师和单老师某一日不期而至，专程来到我们的蜗居，为我们送上新婚祝福……

行文至此，种种往事涌上心头，不觉泪目。

深切缅怀单老师！

前　言

老伴儿会文因患癌症去世已经十多年了，在她和癌症做斗争的三年时间里，我写下了这本日记。十多年来，每当我翻开这本日记，往事仍历历在目，内心交织着各种不同的情感。

现在我终于下定决心来整理这本日记，因为我觉得这不是一本普通的日记。它记录着一个癌症患者在面对死亡威胁时对生命的渴望，记录着她无奈但坚强的呼救过程；也记录着我作为丈夫，在妻子面对死亡威胁时所做出的各种选择，那种希望与绝望不断交替的心路历程；它还从一个侧面记录了一些医务工作者面对"绝症"时的思考、探索与无奈，责任心与冷漠交织的复杂心态变化。一个人的死亡不仅仅意味着一个生命的消逝，还可能引发多个命运的"多米诺效应"。斯人已去，而我对生命的思考与感悟还在不断延伸。我不断地反问自己,在这场关乎"生与死"的搏斗中,我的种种选择是否正确?当初还有没有更好的选择去避免这场"灾难"?

事情的起因是这样的。2005年6月,我和会文都觉得身体有些不适,由于平日工作忙、顾不上,因此决定暑假去医院认真做一次检查。7月28日,我们一同去了Y医院,会文检查了肠道和盆腔。没想到,正是这次检查,给我们带来了一个灾难性的结果——会文被发现了"盆腔囊实性占位,以实性为主,肿瘤大小为12.0cm×9.0cm"。会文得了肿瘤,而且可能是恶性肿瘤。这个突如其来的噩耗,使我和会文都震惊了。我预感到问题的严重性,也预感到这件事对会文和对我的生活、事业和家庭都将产生重大的冲击和影响。

在遭遇这场突如其来的家庭灾难时,我一方面很后悔,责备自己在为工作拼搏时,没有关心和照顾好会文,以致她的病情变得如此严重;另一方面,我下定决心,要尽自己最大的努力,帮助和支持她把病治好,挽救她的生命,挽救我们这个濒临危机的家庭。

2005年我还在北京师范大学认知神经科学国家重点实验室工作,肩负着实验室繁重的建设任务,但为了"抢救生命",我必须把时间和精力投入会文的治疗中。我进行了一系列艰难的选择,包括医院的选择、医生的选择、医疗方案的选择、"保驾护航"方法的选择和病人衣食住行的选择等,每次选择又伴随着无数的探索。我希望这一切努力能换回医学上的"奇迹",把会文从死神手里夺回来。

在不到三年的时间里,我陪伴会文先后去过多家知名医院,接受过西医和中医的多种治疗,也拜访过多家医学咨询机构,服用过多种保健品,也练过健身操,采用过休闲疗法和其他许多治疗方法①。在医生精湛的手术和化疗方案的支持下,会文曾经得到了"好得不能再好"的治疗效果,被医生高兴地称为"明星病人",也让会文看到了"生"的希望。

但是,癌症是人类至今没有真正攻克的一种疾病,存在着太多未知的东西。在治疗的第一阶段结束后,不到三个月,会文的病就"复发"了;接下来进行了第二阶段的治疗,可是不到两个月,癌细胞又"卷土重来",而且来势一次比一次凶猛,会文实在无法继续承受化疗带来的副作用,这让肿瘤医院的医生被迫选择了放弃,也使我们一次又一次陷入失望,我们的信心遭受到多次打击。我被迫陪伴会文离开肿瘤医院,再次四处求医。我们怀着新的希望,做过不同的探索和选择,但是带来的都是令人失望的结果;我们多次期待出现"奇迹",但等来的又都是病情的加重。尽管我一直劝说会文要有信心,不要轻言放弃,但在残酷的事实面前,我也深感自己的劝说是多么地苍白无力。我原本希望,这是一场战胜癌症的"战役",

---

① 仅针对本书作者个人经历。

我的日记能把成功的经验记载下来，回报社会，结果我的一切希望都落空了。医生无奈，会文和我更无奈。看到会文日渐枯竭的身体，我无所适从、无能为力。

会文走了，她留下了很多遗憾，但也向我们揭示了"生命无常"的道理。会文是许多癌症患者治疗中一个"失败"的案例，谈不上成功的经验，但教训很多。从她的"失败"中吸取教训，也许正是我期待看到的这本日记的积极一面。

面对重病，会文像其他病人一样，经历了恐惧、失望、不愿接受的早期阶段。但经过思想上的反复斗争，她坚强地承受了疾病及治疗过程带来的各种痛苦，克服了意想不到的困难。在整个治疗过程中，她选择了面对现实，勇敢地和疾病抗争，表现出对生命的热爱和珍惜。在病房中，她常常安慰其他病人，传授自己治疗过程中的经验和教训，给医生和护士写信，送去节日礼物，表达对他们的感激。在家中，她继续关心子女的成长和培养，支持我的工作，关注我的生活和健康；在体力允许的情况下，她仍然坚持散步，坚持体育锻炼。我由衷地敬佩她的这种抗争精神，因此希望借我的日记对她表示深切的敬意和怀念。

在近二年的治疗过程中，我们遇到过很多关心和体贴病人的好医生、好护士，他们不愧"白衣天使"的称号。日记记载了我们与医生相处的日日夜夜，记载了我们对医生的尊敬和感激，也同样记载了我们的一些意见和建议，希望这些来自病人和家属的声音，能够对当今医疗制度的改革和医生工作的改进起到一定的作用。

癌症是现代社会人类最凶恶的"杀手"，全世界每天都有成千上万的人死于各种癌症。我的几位亲属死于癌症，一些朋友的亲人也死于癌症。在医院或在出租车上，我也遇到过一些"癌症家族"，几代人都饱受癌症的困扰。癌症夺走了许多人的生命，也摧毁了许多家庭。在与癌症的抗争中，病人的家属面临着各种选择，如去哪家医院治疗，采用什么治疗手段，具体的治疗方案是什么，如何配合医生，探索癌症的护理手段等，有经验，也有教训。因此我希望日记中记录下来的经验和教训，能对正在同疾病抗争、为亲人的疾病感到忧虑的人们有所帮助。

会文确诊伊始，就得到了亲人、朋友和学生的关怀与照顾。在与癌症抗争的过程中，他们帮忙联系医院，安排住院，探视、陪护，送汤送药，通过各种方式给我们带来了温暖和力量。正是这些帮助，我才能度过那些艰难的岁月。我特别要感谢许多可爱的学生，他们不仅是我工作和事业的助手，在我遇到很大困难的时候，也都能发自内心地安慰我、关心我、帮助我、支持我。因此我也希望借助这本日记表达我对大家由衷的感谢。

整理日记对我来说不是一件容易的事情。为了让日记这种私密性很强的文稿能够问世，我需要进行大量内容筛选和文字润色工作。更难的是，回忆往事，重温昔日的艰辛，会勾起我许多负面的情绪，让平静了的内心又激荡起来。我几度停笔，但在朋友的帮助和鼓励下，我终于鼓起勇气把它完成了。日记整理出来后，我将初稿送给儿女和身边的几位老师与研究生阅读并征求他们的意见。李荣宝、丁国盛、马振玲、王迪、徐伦等对书稿的整体思路、结构和文字表达提出了宝贵的意见和建议。文集的整理和出版还得到中国纺织出版社编辑的鼓励和支持。在此谨向以上提到的亲人和朋友致以由衷的感谢！

彭聃龄

2024 年 3 月

目 录

第一编　灾难降临 ………… 1

　到底没有躲过去 ………… 3

　友谊的支援和关怀 ………… 9

　把命运掌握在自己手中 ………… 13

　相信医院，相信医生 ………… 17

　保驾护航 ………… 23

　调整心态 ………… 27

　闯过头几关，后面就有希望 ………… 36

第二编　一场持久战 ………… 41

　好得不能再好了 ………… 43

化疗是把双刃剑 ………… 52

复发来得太快 ………… 59

情况不容乐观 ………… 63

练就乐观的心态 ………… 70

她是我们的"明星病人" ………… 76

第三编 在艰难中探索 ………… 81

换医生 ………… 83

对医疗模式的思考 ………… 88

血小板为什么急速下降 ………… 93

在艰难探索中前行 ………… 98

新的打击 ………… 105

如何应对新的"复发" ………… 111

儿女回家过春节 ………… 115

选择新的治疗方案 ………… 121

第四编 在无奈中前行 ………… 125

热爱自然，珍惜生命 ………… 127

又开始"四处求医" ………… 133

一线希望 ………… 140

希望她住进新居 ………… 147

转移了，有什么办法！ ………… 152

第五编　守护与怀念 ………… 161

关怀治疗 ………… 163

在焦虑中过春节 ………… 168

回天乏术 ………… 172

最后的日子 ………… 179

我要回家 ………… 183

深切怀念 ………… 188

后记　生命的有常与无常 ………… 195

第一编 灾难降临

人们做选择时常常很难预见到后果，当时看上去正确的选择，几年后也许又觉得不对了。孰对孰错，孰是孰非，只有经历了才知道。

到底没有躲过去

2005年7月28日上午,我和会文按事先约定的时间去Y医院检查身体。我很快做完了检查,没有发现大问题,便迅速来到北院陪会文。10点半左右,她从检查室出来,手里拿着一张小条,说医生让她补挂一个号,要继续检查,我急忙下楼挂号。11点半,会文再次从检查室出来,脸上的表情很沉重,见面后的第一句话就是"到底没有躲过去"。我知道不好,接过检查单一看,上面清楚地写着:盆腔可见 12.0cm×9.0cm 外形不规则囊实性占位,以实性为主。我一下就蒙了,怎么会是这样!

这突如其来的诊断结果,对她和我都是一个重大的打击,回想事情的前前后后,我后悔莫及。几年来我一直为自己选择的新的研究方向——认知神经科学不断拼搏,对会文的健康实在关心和照顾得太少。如果今年4月,我不去美国参加学术会议;如果我没有被繁重的工作过多占用了时间，我会催促和陪同会文去医院检查；如果早一些发现问题，病情也许会比现在轻得多。我甚至后悔不该选择这个"新"的研究方向，如果几年前，我按照学校规定的年龄退休下来，不再为研究奔波，我会有更多的时间照顾和关心会文。我和会文有一儿一女，现在都在国外学习和工作，如果几年前，我们不同意女儿出去，她现在可能还是 B 医院的医生，有她在我们身边，事情也许不会发展到今天这个地步。

人们做选择时常常很难预见到后果，当时看上去正确的选择，几年后也许又觉得不对了。孰对孰错，孰是孰非，只有经历了才知道。得知会文的病情之后，焦急的同时，我内心充满了后悔，我甚至把这一切都归咎在自己身上。但现实粉碎了一个又一个的"如果"，我必须面对当下，面对已经发生和将要发生的一切。

会文小我 4 岁，她的身体原来很好，我觉得至少比我好。但在 1999 年前后，我开始发觉会文的身体出现了问题。那一年 3～7 月，我应邀访问了英国纽卡斯尔大学，因为访问时间比较长，会文随我一起到了英国，那是她第一次随我到国外访问。在英国，我们的生活比较轻松、悠闲，几乎过的是那种"日出而作，日入而息"的日子。按道理说，她得到了很好的休息，身体应该更加健康才对，但是，每当外出散步、购物或参观时，我常常发现，她容易疲倦、小急，每到一处，我都要先为她找好厕所，才能陪她安心地玩下去；回国后，这种情况一直不见好转。2002年，她随我去香港住了两周，我再次发觉她的体力不如我，外出游玩时，她常常落在我后面。记得那次去南山大佛参观，她上了一半台阶，就爬不动了；我搀扶着她，才勉强爬了上去。2004年我们去西单图书城购书，下车后，刚走到马路对面，她就说很累，勉强走到图书城，进去随便看了看，便让我陪她回家了。她常常诉说自己的下腹部疼痛，吃药、热敷都不能缓解。几年前会文的父亲和哥哥都因直肠癌相继离开了我们，我和会文都担心过她的肠道问题，我陪她做过多次检查，主要是去腹腔科检查肠道，去消化科做胃镜检查，都没有发现问题。就在两个月前（2005年5月），她在工作单位的安排下去肿瘤医院妇科进行了指检，也没有发现问题，便放心了，并庆幸这些检查都是"有惊无险"。万万没有想到的是，我们总担心的地方没有发现问题；而我们忽略了的地方，问题就正出现在这里。我上网查了一下，下腹部疼痛是卵巢癌的显著症状之一，我们的"疏忽"是由于"无知"导致的，多么不应该！会文的侄子和侄女都在医院的B超室工作，有条件让她得到认真仔细的检查，但她生性耿直，不愿为自己的事求人，包括自己的亲友，这种脾气让她失去了许多有利的机会。我现在才知道，这种"万事不求人"的脾气真是一种"要命"的脾气！

半个月前，京内外的一些学生为我举办了 70 周岁生日庆祝活动，会文不但参加了，还在庆祝会上情绪高昂地讲了两次话，陪我唱歌、切蛋糕、吹蜡烛。然而，庆祝活动刚过，这份灾难性的检查报告就被无情地摆在了我和她的眼前。**人的生命最珍贵，还有什么东西的价值能够和生命相比呢？如果会文就此一病不起，如果会文离开了我们……我突然意识到她的病可能改变整个家庭未来的生活道路，改变我的学术生涯……想到这一切，我内心涌现出一种恐惧，觉得很可怕！**

这天晚饭后，我们照例在校园内散步。沉重的心情，让我们走得很慢。走到教七楼时，我们在东侧的一排椅子上坐了下来。我扶着会文的肩膀，静静地坐在那里，让晚风肆意吹拂我们疲倦的身体。我们没有说话，不敢谈及会文的病，也害怕打破这难得的宁静。明天和后天，该怎样去面对？以后我们还能静静地坐在这里吗？会文现在在想什么？该怎样去安慰她？我想不出可用的词汇和办法，只能静静地坐在她的身边。

晚上睡不着，脑子里很乱，想得很多，人生的喜怒哀乐一时都在心里翻腾了出来。人的生命有时看上去很坚强，既有认识世界的智慧，又有改造世界的意志和拥抱世界的情感；有时又显得很脆弱，一两件事情就可能把人打倒。我第一次体会到生命无常的道理。现在的会文和几天前的会文看上去一模一样，但未来等待着的是什么？我不敢想象。

7月30日是星期六，凌晨3点我给儿子去信，通报了昨天的情况。我在信中说："妈妈非常惦记你，惦记你姐。你们的电话将给她带来快乐、希望和信心，将是她迎接即将面对的大手术的一个非常重要的精神支柱。希望你能换一个声音清楚些的电话卡，这样妈妈就可以更清楚地听到你的声音。多给妈妈一些鼓励和信心！让我们共同帮助她从这次'劫难'中走出来！"

上午，我在稻香村买了1块布丁和4块锅盔，这些都是会文喜欢吃的东西。会文平日不大吃零食，更不爱吃甜的食品，只有布丁和锅盔是例外。回到家，见会文在家里整理照片，她找到了她很喜欢的一张，递给我，让我注意保存好；还清理出许多衣服，说要送给妹妹们。我心里明白她在想什么，为什么要这样做，但不能说出来。看着她所做的一切，我在心中暗暗地流泪。我反复跟她说，要有信心，要乐观，不要想那些不该想的事，但我心中却是苦涩的，不知未来究竟会怎样。我想哭，但不敢哭，更不敢在她面前流露出来。午饭和晚饭我们都马马虎虎地吃了一点。晚饭后，我们按习惯仍在校园里散步。今晚有点风，坐在外边比较凉快。医院本来希望她今天就去住院，但我们都不愿意。我心里清楚，住院后她将面临难以想象的"治疗"，也就难以健康地回到家中了。现在的每分每秒，是多么珍贵啊！她珍惜现在的状态，我也非常珍惜现在的状态，多么让人留恋的一夜！回到家中，会文的兴致不错，我们一起看了电视剧《谷穗黄了》，可惜今晚只有两集。10点多我们就睡下了。凌晨1点，我醒了过来，吃了安眠药，还是难以入眠，索性起床，坐在计算机旁，写下了这两天发生的事情和自己的心情。

会文希望在她住院之前把她的几位妹妹请到家里来，开始我没有答应，怕她见到自己的妹妹情绪激动、伤感，对身体不好；后来我尊重了她的意见，同意请她们过来坐坐。7月31日上午，会文的两位妹妹、弟媳和侄女都来了。小妹妹站在冰箱旁边没有进客厅，好像是在那里偷偷哭泣。我忙着让会文吃刚刚买来的保健品，希望她能增强战胜疾病的信心。多年来，会文一直喜欢把自己的一些衣服送给妹妹们，当作是对妹妹们的一种支持和关心，这次更让她们拿走了不少。看到她含笑将衣服送给她们时，我心里总有一种和亲人"惜别"的感觉，微笑的背后更多的是忧伤。

午饭，我做了一道冬瓜清炖肉汤。好几年我都没有给会文做菜吃，现在想补偿真觉得有点迟。午饭后，我们去校内商店买了一些去医院要用的东西。晚饭时，我又安排了一顿"四季平安"饭：一杯苹果汁，一道苹果丁炒茭白丁，一碗苹果末烫饭，一碟苹果片。吃饭时我解释了"四季平安"饭的含义：希望平安进行手术，平安进行治疗，平安回到家中，平安与亲人团聚。晚上8点，两位同事陪我送会文去了C医院。

友谊的支援和关怀

会文生病后，我们遇到的第一个问题是应该去哪家医院接受治疗。根据我们的点滴医学知识，尽快手术切除是对付肿瘤的首选。

会文生病的消息很快在朋友和同事中传开了，我们也很快得到了来自各方面的关心和帮助。8月1日，一位同事帮我们联系了肿瘤医院腹外科的一位医生，并建议会文去专科医院进行诊断和治疗。这时，会文刚入住C医院一天，到底要不要去肿瘤医院呢？儿子认为，C医院作为一个大医院具备收治癌症病人的条件和经验；肿瘤医院的整体实力虽然很强，但同类病人多，医生在每位病人身上关注的时间可能相对较少，因而可能推迟做手术的时间；而且肿瘤医院离家远，也会给护理带来一些困难。但女儿和一些朋友认为，有条件还是应该去肿瘤医院，那边的整体实力较强，又是专门对付肿瘤的，手术和用药都更有经验，如果手术时间不因转院推迟很多，选择专科医院——肿瘤医院会更好些。我征求了会文的意见,决定送会文去肿瘤医院接受治疗。

8月2日早上6点15分,一位同事开车送会文和我去肿瘤医院。7点10分到了那里。肿瘤医院有新旧两栋大楼,和我们约好的腹外科主任在新楼9层接待了我们。他看了看会文在C医院的检查报告,说了一句"这是妇科的问题"。我心想:"糟了,他会不会不让会文住院?"这时会文解释说:"我在Y医院检查时,发现卵巢有问题,因此去了C医院妇科,但在C医院妇科做检查时,发现回肠和结肠交界处也有问题。由于问题比较复杂,我们才想到来肿瘤医院外科治疗。"医生看了看检查报告下面的部分,就很痛快地说:"可以来这里住院治疗。"我问:"在这里从检查到动手术一般需要几天?"医生说:"一周左右。"这时,会文开朗地笑了起来。医院顺利接收了会文,而且很快就能进行手术,几天来压在我心上的一块石头落地了。临走时,会文紧握着医生的手说:"谢谢你提供了这个拯救生命的机会。"医生说:"不客气!这是我们的工作。"

办好入院手续,下午4点多,肿瘤医院安排会文住在905房间的第9号床位。病房的条件不错,两人一间,有单独的卫生间。会文对安排在肿瘤医院接受治疗很满意,用她自己的话说——"这下踏实了"。

8月4日下午,同事S老师和研究所的另外几位老师来医院看望会文,S老师介绍了自己和疾病做斗争的经验。几年前,她开过4次刀,但仍坚持研究工作,经过锻炼,现在身体很不错。她的经验对会文鼓励很大,治病需要患者很大的毅力和决心,有了这种心态,才能战胜疾病。4点左右,我约S老师一起去找医生。医生很友好,向我们解释了他对病情的分析和意见。由于在血液检查中,CA125很高(14000U/mL以上,正常值为35U/mL以下),他觉得主要问题可能是妇科问题。明天要做结肠镜检查,如果发现肠内没有长东西,那么看到的"实性占位"可能是由肠外撑起来的,由此便可以基本确定主要是妇科问题。从治疗的角度看,如果主要是妇科问题,治疗起来会比较容易;如果还有结肠问题,治疗起来会困难一些。只有把问题确定了,才能考虑下一步是继续待在腹外科,还是转去妇科病房。从谈话看,医生的思路很清晰,分析很合理,态度也不错。回到病房,我们把谈话的结果如实告诉会文,她又一次高兴地笑了起来。

8月6日,肠镜检查的结果出来了,肠子里没有发现问题,这是一个好消息,可能使以后的手术变得容易一些。看了肠镜检查结果,会文也觉得轻松了许多。晚上外甥女来电话,介绍了1993年她的一次有惊无险的看病经历。在体检时医生告诉她,卵巢里有一个坏东西，实性占位，边界不清晰，菜花状，但手术中经过切片检查，是良性的。我多么希望会文也有这种好运气!

8月7日晚上6点钟，儿子因妈妈得病请假从新加坡回到家中，第二天上午我和儿子去医院看望会文，当我们推开房门见到会文时，没想到会文竟激动得哭出声来。我赶紧劝她说："孩子回来了，应该高兴才对，不要太激动了。"她收住了眼泪，把儿子拉了过去，让他坐在自己身边，问起了回家路上的情况。

8月9日晚10点钟，女儿从美国回到家里，给家里增添了一份信心和力量。女儿按照会文的要求，在楼下副食店买了"一刀肉"，儿子自告奋勇为妈妈做了一道红烧肉，女儿炒了一道菜花，带到医院去。按照中国民间的一种习俗，妇女到66岁生日时要由女儿送一块肉作为礼品，因为有俗语说"人到六十六，不死也要掉块肉"。女儿送一块肉给妈妈，就能去祸消灾。会文今年刚好66岁，生病后，她相信了这些民间习俗，并惦着这样做。女儿回家的第一件事，就是给妈妈送"一刀肉"。我不信这些，但还是按照会文的要求做，这是对病人心理上的一种安慰。

把命运掌握在自己手中

人生充满着各种选择，而选择其实很难，有时错误多于正确，因而会留下许多遗憾和后悔。从会文检查出得病以来，我们每天都面对各种选择。也许世间本来就没有理想的事存在，平淡对待，一切都好；期望过高，反而要失望。

8月11日，人在遭遇灾难时，总会有一种祈求幸运的倾向。这几天我也一直在"往好处想"，会文的病是否还有另一种可能性？据会文回忆，早在2002年我们去香港访问时，她就觉得下腹部不舒服，如果当时就异常，症状是否早就应该出现了；会文卵巢中的肿瘤不小了，但没有出现腹水和其他严重症状；体重也没有明显改变。我多么希望会文也像我们的那位外甥女一样，最后的诊断结果是"良性的"。

8月12日，根据腹外科的意见，会文转到了肿瘤医院的妇科，主治医生是妇科Z医生。下午我和儿子见到了Z医生，40多岁的样子，第一次接触，就觉得她是那种"说话干脆利索，做事讲究效率"的人。

我们给会文送去了罗宋汤和香菇炒油菜，会文很爱吃。得了肿瘤，究竟吃什么才好？我看过几篇资料，发现矛盾的地方很多：有的资料说，大蒜是很好的抗癌食物；而另一些资料说，癌症患者不宜吃大蒜。这些说法都是经验之谈，没有真正的科学依据，结论不一致是意料中的事。食物的选择可能因病、因人、因时而异，不同的病适合吃不同的食物，不同的病程也可能适合吃不同的食物，适合所有病、所有人和所有病程的统一食谱就几乎不可能有了，顺其自然可能才是最佳的选择。

8月13日，住院问题落实后，我们遇到的另一个问题就是治疗方案的选择。我们从医生那里了解到，**有两种可能的治疗方案：一种是先手术，后化疗；另一种是先化疗，再手术，术后还要化疗。**第一种方案我们比较熟悉，第二种方案是我们最近才听说的。对有些病人来说，由于肿瘤比较大，直接开刀可能造成很大的损伤，因此应该先通过化疗杀死一些癌细胞，让肿瘤和周围的正常组织分离开，再考虑手术问题。但是这种方案也存在一些问题：(1)实行这种方案的前提是，需要确定肿块的性质，是恶性的还是良性的；(2)确定肿瘤的性质要进行活检，但活检可能会引起癌细胞的扩散；（3）先进行化疗，必然影响身体的体质，是否会推迟手术的时间？我们原来期待尽快进行手术，把肿瘤切掉。如果医生决定要先化疗，后手术，我们应该接受吗？

当时让我特别担心的一个问题是肿瘤的快速增长。我上网查看了关于肿瘤的一些知识。有人告诉我，肿瘤是有"倍增期"的，说得通俗一点，肿瘤细胞是一分为二、二分为四，越分越多的。如果发现后不能在"短时间"内得到有效的治疗，它就会成倍增长，而有效的治疗手段主要就是"手术切除"。

8月14日晚饭后，我向天津的一位著名的妇科医生咨询了几个问题：对先化疗、后手术的治疗方案如何评价？活检的风险如何？化疗期间如何进行调理？癌症病人的饮食要注意什么？那位教授的意见是：化疗对病人的伤害大，能否建议在进行一个疗程的化疗后就进行手术；活检有风险，要小心癌细胞扩散；化疗期间的调理要按照医生的建议做；癌症病人的饮食没有特殊要求，主要看病人是否喜欢吃，不必过多地补充蛋白质食物。

对我的做法，儿子和女儿不理解，认为我不应该到处打听，动摇对主治医生的信心。他们认为，肿瘤医院的医生有经验，要尊重临床医生的意见。儿女们的意见是对的，但治疗的第一步绝对不能走错,这是我的担心。

8月15日下午北京师范大学认知神经科学与学习研究所办公室的G老师来看望会文。十五六年前,这位老师得了结肠炎,因诊断和治疗失误,险些丧命;之后转到北京E医院进行治疗,才把生命从死亡线上挽救回来。G老师劝会文:"医生、朋友、亲人可以帮你战胜疾病,但想救性命,还要靠自己""信心非常重要,要活,要坚强地活下去,这样才能把命运掌握在自己的手中""要把心放下来、静下来,这样才能调动自身的力量去战胜疾病"。G老师离开后,会文一直在回味G老师的嘱咐,那天晚上她显得特别高兴,嘴里一直在重复着G老师的那句话:要坚强地活下去,自己救自己。

相信医院，相信医生

8月15日夜里，会文睡得比较踏实，可能是G老师的劝告起了作用。

由于(当时)肿瘤医院的MRI设备比较陈旧，会文只做了B超和CT检查，在得到妇科Z医生的同意后，我们决定在手术前送会文去F医院磁共振室做一次MRI检查。临走时，Z医生嘱咐我路上要小心，不要把病人"丢了"。看来她是一位比较爽快，而且比较能体贴病人的医生。

8月16日，天下着大雨，上午9点半，我和儿子陪会文按时到达F医院，这是我们课题合作研究的单位，磁共振室的Z医生接待了我们。10点10分会文被领入机房，开始扫描。我坐在医生的旁边看着他的操作，不时也介绍一点病人的情况。扫描进行了将近1小时，11点10分会文才出来。从结果看，卵巢区的问题和B超检查的结果差不多，回盲部的问题看不清楚，可能与机器有关，肝的右侧下方有问题，医生说是转移瘤，与C医院用B超检查的结果（小囊肿）不一样，但不知是否在同一个地方。我们没有让会文看到核磁检查结果，也没有告诉她，以免增加她的精神负担。从结果看，先化疗再手术的方案几乎是唯一可行的方案了。回肿瘤医院后，我把核磁的检查结果（包括肝的右侧下方有转移瘤）告诉了Z医生，她看了看检查报告，没有说什么。

按照医院提出的方案，会文下午去B超室进行了穿刺。天仍旧下着大雨，这场雨驱散了几天来的闷热，给人带来了阵阵凉意，但驱散不了我心中的烦闷和困惑。会文的肝上有了一个转移瘤，说明会文的病情很复杂，医生将如何处理这个"转移"问题？接下来的治疗会有什么样的结果呢？我不懂，也不便多问。

8月17日，学生L去医院看望会文。她之前在妇科工作过，有一些相关的医学知识和护理知识。她劝会文"要面对现实，积极治疗，对自己的病情不要琢磨得太多""治疗期间要有适当的运动，让身体状态保持在一个较好的水平，不要整天躺在床上""要调节饮食，增加营养"。她还教会文如何在病房里做扩胸运动、仰卧起坐、背部运动、头部运动等。在癌症治疗中，心态非常重要，而积极的心态要刻意培养，包括在可能的条件下坚持一定的运动，这不但能保持肌肉和骨骼的健康，而且能促进积极乐观的心态。

8月18日下午，我、女儿和儿子去医院找到Z医生，希望和她聊聊。她答应得很痛快。我们约好在3点半到4点半这段时间见面，但一直等到5点钟查房时才见到她。护士告诉我们，Z医生不愿意待在副主任办公室，而愿意待在医生办公室，一个原因可能是觉得工作方便些，另一个原因听说是为了躲避"送礼者"。我们在护士值班台前见到她，她一点儿也没有想让我们去办公室的意思，我们也只好"因陋就简"，站在护士台前聊天了。

谈话是从她关心的一个问题开始的："你在中国科学院心理研究所工作吗？我有一些关于小孩儿的问题想问问。"对话这样开头比较轻松，我说："不是，是在北京师范大学。不过，你有什么问题，可以说说，看我是否知道。"她简单说了一下她自己孩子的情况，高三了，要参加高考，成绩很好，要考虑专业选择；我也随便说了几句，讲了我对孩子选择高考志愿的意见。接着她简要地说了一下会文的病情，从穿刺检查的结果看，是低分化腺癌，要进行化疗。之后我们谈到用什么药和药物报销的问题，以及在化疗期间如何用中药进行调理等。Z医生说话很快，不给人留出时间思考，也希望别人的话说得快一些，有什么说什么。我们只说了不到15分钟，谈话就被她的匆匆离开打断了。这也许是外科医生的一个特点。

8月19日，会文的心态平稳了许多，已经能够接受和面对现实，并决心用积极的态度对待即将开始的治疗。这两天的饮食情况也比较可观，除在医院订的乌鸡汤和木耳炒黄瓜外，还吃了我带去的麦片和芦笋。早上她还一个人在外边散步，做了操。今天我的心里也踏实了一点儿，中午睡了1个多小时。最近一直睡得不好，确实觉得累。我把自己主编的《普通心理学》和另一本《发展心理学》送给Z医生，希望对她儿子选择高考志愿有帮助，她很高兴地收下了。

8月20日晚上，女儿从医院回来，带回了会文的病理检查结果，会文得的卵巢癌是浆液性囊腺癌，癌症中的一种，容易出现在上年纪的妇女中。**我一直幻想会文得的不是癌症，这个幻想最终还是被事实粉碎了**。现在我只能和会文一样，面对这个残酷的事实和由此带来的挑战。

8月22日，会文开始术前的第一次化疗，用药是一种广谱抗癌化疗药物，共8支，注射前打了实验针。

8月23日，医生又给会文注射了一种铂类第二代抗癌药物。我查了文献，将这两种药物配合使用是抗癌药物的一种黄金搭配，适合于多种癌症的治疗。从下午的情况看，会文一切如常，没有特别的药物反应；打完点滴后，儿子陪妈妈到外边走了走；会文接受了学生L的建议，每天都安排了适当的运动，既能增强体能，又能培养健康的心态。

学校很快要开学了，研究生们将陆续返校，我给学生写了一封公开信，通报了近一个月发生的事情。

在单老师（会文）治病期间，许多同学从国内外打来电话，询问单老师的病情；有些同学多次去医院陪伴单老师，给她送去了儿女般的关心和温暖；有些同学帮我联系医院，了解治疗方案，帮助单老师制订饮食和身体锻炼的方案；有些同学的家长打来电话，介绍治疗中的饮食经验；有些同学的家长还登门看望了单老师……总之，在我最困难的时候，你们给了我很大的支持和帮助。我和单老师都非常感谢大家！

人生要能经受各种磨难和锻炼，我现在就是用这种心情来对待单老师的病情。单老师的病会占用我很多时间，对你们的照顾不能像过去那样多了。希望你们自觉努力，依靠实验室的集体力量，继续做好自己的工作，不要受到这个突发事件的影响；也相信你们一定能一如既往，做出出色的研究成果。你们在工作中的卓越成绩就是对我最大的关心和安慰，也是对单老师战胜病魔的最大支持！

每次学生来信，我都打印出来，带到医院给会文看，这些信让我们很感动。人在遭遇到灾难或重大不幸时，都可能会感到恐惧、焦急和悲痛，这时候来自朋友、亲人和学生的鼓励、安慰都将成为

克服困难、战胜灾难的重大精神力量。 每当我读到这些信,总有一股暖流从心中升起,这些信件也帮助会文提高了战胜疾病的信心。在和病魔的抗争中,学生一直是我最真诚的朋友和亲人,他们理解我、支持我,尽自己所能地帮助我。谢谢他们!

保驾护航

在会文进行化疗期间，化疗药物产生了明显的副作用，主要是血象不正常，白细胞和血小板显著下降，有时甚至达到了危及生命的水平。医院给了各种"支持"手段，但这些"支持"手段似乎不足以对抗化疗药的副作用，怎么办？这是我们面临的一个新问题。医生建议会文服用一些中药进行调理，一些患者家属也给我介绍了服用中药的经验。我读了一些抗癌药物资料，林林总总，让人无所适从。这些能用来为会文保驾护航吗？

8月30日，我决定和女儿一起去找专家咨询。一位是Z医生，看上去比较年轻；另一位是W医生，76岁，原某肿瘤医院副院长，曾担任过外科室主任，出席过中国名医医学论坛。我们做了自我介绍，介绍了会文的病情，请教了两个问题。

W医生人很好，他简要分析了会文的病情，提出治病要有"长期"准备,不能"速战速决",治疗癌症可以把西医和中医结合起来。关于病人的饮食问题,W医生主张"兼食",反对"偏食",认为葱、姜、蒜、洋葱等都是好东西,完全可以吃;甲鱼、海参等也可以吃,但甲鱼的肉比较老,适合喝汤。他还指出,病人不宜吃脂肪过多的食物,包括动物脂肪和植物脂肪,这对卵巢癌病人不好。猪肉、牛肉中动物脂肪较多,即使是瘦肉,也含有一定比例的脂肪,不宜多吃;鸡肉、鸭肉比较好,鱼肉最好,应该多吃些。

晚上读到学生N的来信,信中说:"我生病的时候,老爸就跟我说,没病不要想病,有病不要怕病。实验室的事,我们会积极主动干的。只要您和单老师开心,我们就有力量。"

9月1日上午,学生L陪会文去D医院做血常规检查,11点左右她们回来了。进门后会文就说:"你不要紧张"。我问:"白细胞怎样了?"会文回答:"又下降了,从3000多①降到了2600。"看来我们对化疗药的副作用估计不足,以为化疗过去了好多天,我们的各种努力一定生效了。这次白细胞下降再次提醒我们,要充分评估化疗带来的副作用,不可掉以轻心。

随后几天,会文的血小板也下降到1.7万,正常值应该在10万以上。血小板过低会引起出血不止,身体部位的任何一点损伤都可

---

① 本书保留对白细胞和血小板检查结果的口语化表述,单位为$10^6/L$。

能造成严重的后果。我打电话给医院，开始接电话的是一位年轻的医生，她说："不要看这个，要关心血红蛋白和红细胞，看是否贫血。"我不放心，又给肿瘤医院妇科打电话，是主任接的。她一听急了，让我马上送病人去医院急诊。当晚医生给会文注射了药物，第二天又输了血小板，会文的病情才暂时得到了缓解。这件事也提醒我，治疗过程中可能出现许多意料之外的事情，一定要小心对待。

9月7日Z医生来查房，问化疗已经几天了，我们回答说：14天。她说："到底了，以后会慢慢好起来的。"会文的头发这几天脱落得很厉害，Z医生说："不要紧，无一例外，头发都要脱光的，以后会长起来。你不如请个人把头发剃光算了，免得一揪一大把。"Z医生看上去还是那样风风火火的，也许刚从手术台上下来，洗了头发，还没来得及梳理，披散着头发就来查房了，这是她的风格。

9月8日是新生入学后实验室的第一次活动，主要由我讲述本学期的工作计划。由于会文得病，我的许多时间都要用在照顾病人上面，对学生的照顾就会减少，如何处理这个问题？会上我提出，希望学生和我共渡这个难关。但治病要花很长时间，是持久战，不是一两个月就能结束的，学生能长期接受这种状态吗？

9月9日，由于会文的病情不稳定，我又面临着"进"与"退"的选择。开学之初，正逢教师节，活动很多。星期一，心理学院召开开学典礼，我没有参加；前天下午，学校召开授奖典礼，其中三个奖（自然科学奖、教学成果奖和教材奖）都和我有关，我委托了别人代我去领奖；晚上全院的教师会议和聚餐，我也没有出席。**会文的病，让我有些心灰意冷，最近精力和体力都超支，我感到很疲倦。我是不是应该"激流勇退"？**

调整心态

9月10日是教师节，一早我就给校长打了个电话，解释昨天为什么没有参加由他主持的授奖大会。我对校长说："与责任有关的活动，我还会参加；与荣誉有关的活动，我想请假，希望得到您的理解。"从早到晚，我收到了许多学生发来的贺卡，他们表达了对我和会文的关心和祝福，让我们很感动。

收到许多学生的来信。学生 L 在信中说："我不是您最出色的学生，而您却是我最尊敬的老师。您有一颗童心，永远和青春结伴；谁说您上了年纪，您的生命永远年轻。送上一份真诚的节日祝福：祝您教师节快乐，身体健康！"

学生 D 在信中说："您和单老师都是桃李满天下的辛勤园丁，10号是你们的节日。希望单老师能够多多休息、多多聊天，有个好心情享受自己的节日。"

学生L在信中说:"今天是您的节日。我们衷心地说一声:谢谢您!您的教诲、您对我们的情谊深深地珍藏在我们的心中。"

学生M在信中说:"彭老师,祝您节日快乐、身体健康、生活快乐!同时,也祝愿单老师能感受到教师节的快乐和幸福,并祝愿单老师早日康复!"

学生Luo在来信中说:"彭老师,在我们这个快乐的大家庭中,您给了我们许多温馨与关爱。今天我们也要由衷地说一声:彭老师,您的学生都热爱您!祝您快乐!我们就是您坚强的后盾。"

学生G在信中说:"昨天在路上碰到您,真的感觉您消瘦了些,这段时间一定很忙碌,也一定很辛苦吧?希望您注意休息,照顾好自己和单老师!放心,我们自己会很努力的!"

9月11日上午9点多钟,我去医院陪会文。从L医生处了解到,经过几天的治疗,会文的血小板回升到8.6万,白细胞也回升到6000多。如果今后几天能继续上升,就可以进行第二次化疗了。

同病房的一位病友,山西大同人,已经进行了8次化疗,由于第7次和第8次相隔了七个月,原来已经脱落的头发现在都长起来了,身体状况看上去很好。病友有两个孩子,都在念中学,两口子还要负担孩子的学费。虽然压力大,但他们的精神状态不错,对治疗有信心。他们还劝会文想开一些,治好了病,欢迎去大同旅游。

会文感谢他们的劝说,但说话间流露出一些消极的情绪,她答应要把病友的话牢记在心,但过一会儿情绪又低落下去。看来调整心态还是一个重要问题。

9月12日上午,我去医院看望会文,并带去了我写的一篇短文,劝她要用平常的心态对待自己的疾病,力争过一个健康人的生活。短文的内容如下。

从7月底以来,家中一直被层层浓厚的乌云笼罩着,就像今年夏天北京的天气一样,让人透不过气来。如何从这片乌云下走出来?

要回归正常的生活。不适当的生活方式或生活方式的急遽变化,对身体健康都不好。这一段时间,我们原来的一些好习惯没有坚持,生活节奏变得比较混乱,这对健康非常不利。因此,要用平常心态面对已经发生的事情,要使我们的生活尽可能回归到正常状态:该吃的时候吃,该休息的时候休息,该娱乐的时候娱乐,该锻炼的时候锻炼。生活方式是会影响一个人的心态的。生活方式正常了,心态才会正常起来。外甥女前两天来家里帮我们收拾,把南边几扇窗子的玻璃擦得干干净净,也是为了让我们回归正常的生活。

要培养良好的心态。这种心态应该是积极的、乐观的,要对治疗前景充满信心。多想一些积极的东西,少想或不想消极的东西。在疾病治疗上,先把握好现在,采取多种措施,保证顺利通过每一次化疗，进而过好手术这一关。不要想得太远、太细，不要想那些没有用的事情。在医院里，我们已经见到过几位病友，他们都只想治病，其他事情都不去想、也不会想，这样倒能心安理得、无忧无虑，吃得饱、睡得好，身体自然也就会好些。

要找到适当而健康的锻炼方式和休闲方式，自得其乐。在我们周围的朋友中，有的多年坚持锻炼，有的患病后学会了刺绣和书法，这对健康都非常有利。刚住院时，你看杂志，写内心感受，这也是一种休闲活动。这种活动能使你忘记烦恼、忘记忧虑，甚至忘记自己生病。有了这种心态，人自身的免疫系统就能发挥到最好的状态。希望你还像过去一样，看看书报，听听音乐，写点心得体会，用这些方式来调剂自己的生活。这些活动还有利于锻炼大脑。脑是人的各种活动的司令部，大脑健康了，其他脏器才容易健康。这是许多人养生的诀窍。

要多交友，不仅要保持和老朋友的联系，还要交新朋友。这样能得到许多与治病有关的新信息，能从各方面吸取"精神上的营养"。侄子提醒过你，得病以后不要把自己封闭起来，这是"一语中的"的。平日你爱交往，也善于交往；但有时候，你会把自己封闭起来。这是你性格中的另一面，要改掉才好。

要互相帮助、互相促进。我劝你调整心态，其实我自己也存在同样的问题，需要调整。近来我又在想"进"与"退"的问题，这是近几年来我一直遇到的一个问题，我希望慢慢"淡出"。我有一个很好的学生集体，像一个大家庭，我对他们还负有责任，不能也不应该"撒手不管"。因此我们要共同努力，互相帮助，这样我们就一定能战胜疾病，把失去的健康夺回来。

9月13日下午，我去医院看望会文，走进19号病房，看到会文躺在床上正在输液，鼻孔里还插着输氧的管子。我赶紧问发生了什么事，会文说："中午觉得憋气，心脏不舒服，医生决定给我输氧。"另外，这次检查的结果，白细胞只有3000多，血小板又退回到7万多。

晚上收到单位送来的延聘报告，由于实验室建设的需要，大家希望我继续干下去。我的回信是："过去这两个月，的确很狼狈，我把它形容为'灾难的8月'。所里的几位老师都来医院看过会文，带来了实验室全体同仁的关爱，这对我们是一种精神上的巨大支持。谢谢大家！"

9月14日，第一次化疗的结果出来了。从这些结果看，第一次化疗有了明显效果，让我们看到了希望。但化疗对骨髓造血功能的抑制也很大，白细胞和血小板显著下降，经过几天调理，恢复不明显。会文对自己"出奇高"的CA125一直有思想包袱，别的病人的

CA125只有100U/mL左右，就认为不正常了，而她的却在14000U/mL以上，因此尽管知道自己的指标下降了，还是心事重重，思想负担很重。

同病房的一位病人原来是农民，后来农转工成为售货员，两口子一个月的收入只有1900元，但她一直乐观、积极地进行治疗。这种药对她不起作用了，就改用另一种药，虽然很贵，但她都决定采用。今天查血象，她的指标都正常，回病房后高兴得大笑。和她相比，我们的情况不是好很多吗？有什么理由发愁？

中秋节快到了，晚上收到学生L寄来的一张节日贺卡，别具匠心，在一张画着月饼的纸上，写了下面这段话：

彭老师，单老师：

中秋送去一个特别的月饼：

主成分：100％的关心；

配料：甜蜜+快乐+开心+宽容+忠诚＝幸福；

保质期：永远；

保存方法：永远珍惜！

真心地祝愿你们天天快乐。

快乐乃健康之源，拥有了快乐就拥有了一切。

希望这两个可爱的月饼能为你们带去欢乐。

癌症曾经被人们称为"绝症"，得了这种病的人常常会感到死亡的威胁，但是随着医学的发展，越来越多的人相信有些癌症是可以"临床治愈"的，而对死亡的恐惧，可能是造成治疗失败的原因之一。会文发现病情之后，同样经历了早期的恐慌。一些文献上讲，**"心疗"和食疗、药疗、体疗一样，对战胜肿瘤具有重要的意义**。我应该增强治疗的信心，也要尽力帮助会文建立治疗的信心。

昨天，Z医生主动找会文谈话，内容大致是：我们对病人其实都很好，跟你的交流比别人还多一些。我们很忙，医院规定4点半可以下班，我们常常忙到5点多才回家。对病情你们不需要了解得太多，你们不懂。Z医生为人很好，工作负责任，作风很干练，是一个非常讲求工作效率的人。但她的性格和会文不大一致，会文喜欢那种说话比较温柔、会体贴人的人，对Z医生"风风火火"的风格有些不习惯。由于不适应主治医生的工作作风，会文多次想换到妇科的其他病房进行治疗。经过和医生的这次谈话，会文安心留在妇科三，这让我也放心了。

会文同室的一位病友是从山东过来的，姓W，本人是妇科医生，丈夫在县计划生育办公室工作，两人均已退休。W先做了两个疗程的化疗，接着做了手术，手术后，这是第三次化疗了。她的情况看上去不错，食欲很好，据会文说，一顿饭能吃10个包子，还要吃红薯、玉米、桃等。她把豆浆当水喝，从早喝到晚。身体看上去很好，化疗后血象都正常。晚饭前 W 的心情还不错，说说笑笑的，后来去了一趟走廊，听一位病人说已经花了 18 万元，现在又复发了，回到病房就哭起来，哭得很伤心。得了这种病，病人的心情常常起伏波动，时好时坏，W 这样，会文也这样。一个人要战胜自己不容易，有时知道了道理，做起来还是很难。

9 月 28 日下午 5 点左右，Z 医生一人来查房，她先做病人 W 的工作："你自己是医生，要正确面对，我们医院也有不少医生得癌症，照样要解决面对的问题。最近院里有一位医生检查出了问题，她自己签字上手术台，高高兴兴的，做完手术又高兴地离开了。"接着转向会文，"这也适合你。不要老发愁，一个人心情焦虑，免疫力如何上得去？"会文问她："家属如何配合医生的治疗？"Z 医生回答："你吃好、心情好就行了。化疗期间，没有什么要告诉你们的，等以后要做手术了，我们会找你们商量。"

9 月 30 日上午，我去医院接会文回家。见到 Z 医生，我问她："病人回家后要注意什么？家属如何配合医院进行治疗？"她的回答很简单："要让病人吃好，尽量多吃一些，心情要好些，总是焦虑，免疫力就上不去。"她介绍了 12 年前治疗过的一位病人，"那人心态很好，现在基本已经没有问题了。"前年这位病人全家表示感谢，要请她吃饭。她说:"平时有人请我吃饭,我都拒绝了,但这位病人请我吃饭,我去了。病好了,不只是病人高兴,我们当医生的同样很高兴。"她还谈到卵巢癌的一些特点,并且告诉我,化疗是治疗卵巢癌的一种基本方法,光靠手术不行。疗效如何,现在还说不好,要在治疗过程中才能逐渐看清楚。

闯过头几关，后面就有希望

国庆节期间，女儿来电话多次建议把妈妈转到 B 医院去，理由是：妈妈的心脏不是很好，手术时应该考虑这个问题。一周前，Z 医生说："我们这里是妇科，心脏的事，我们不懂，你们可以请假到外面去看病。"Z 医生比较直率，有什么说什么，但也道出了我们的一种担心，在手术进行时，肿瘤医院妇科有没有能力对病人的心脏进行有效的监测？

10 月 5 日上午，我陪会文去 B 医院做了一个较全面的检查，包括心电图、超声心动、血液、尿、腹腔和盆腔 B 超、肺部透视等。因为是节假日，医院的病人比平日少得多，不到 12 点，所有检查都完成了。除白细胞外，其余都正常，盆腔 B 超显示：子宫萎缩、右卵巢稍大。当会文告诉医生自己得了卵巢肿瘤时，医生说："找不到了，化疗的效果不错啊。"诊断报告上写着：右卵巢大小约 4.3cm×

3.0cm，回声欠均。会文问医生："这是不是就是肿瘤？"医生回答："这我不知道，你的卵巢比别人大。"超声心动的检查结果是：左室舒张功能减低。会文问："目前心脏的情况能做大手术吗？"回答很肯定："能。"会文又问："我有房性早搏，每天 7000 多次，做手术有没有关系？"回答："不要紧。"血液检查的结果还要等 12 天，肝脾胰肾都没有问题，肺部纹理较粗，心电图也大致正常。

从上面这些结果看，第二次化疗的效果也不错。虽然白细胞略低于正常值，但其他两项指标都还可以，这为即将开始的手术做好了准备。同时，心脏检查结果没有发现重大问题，这样手术时的监护会变得简单些。得知这些结果后，我很高兴，会文的心情也显得很好，她高兴地说："这是我们大家努力的结果。"

10 月 7 日上午我参加了认知神经科学与学习研究所的学术委员会和学位委员会联席会议，讨论 3T 设备招标问题和 5 号院的改建问题，还讨论了如何向学校争取更多资源(资金和人才)的问题。会上，研究所的负责人希望我出任磁共振研究中心的主任，我没有答应，一是因为会文的病，我不能保证有足够的时间来做这件事；二是这个工作的技术性很强，我年纪太大，没有精力做好这件事。下午修改了投送给《科学通报》的文章，由于会文的病，拖延到今天才完成。会文近来比较平静，懂得"吃"的重要性，抓住一切机会尽量多吃，相信"吃好"才能治好病。

10月13日上午，会文收到医院的住院通知，准备进行手术。入院后，会文住在43床，靠近护士台的一间病房。房间很宽敞，有一个阳光室，显得很明亮；因为朝西，又是全封闭的房间，透气不够好，室温比较高。

口吃是我们课题组近年来的一个重要研究方向，在基础和应用两个方面都进行了许多研究。为了迎接第八届国际口吃日（10月22日），10月15日我主持召开了首届"中国口吃研究与口吃矫治研讨会"，与会者有来自北京、长春、南京、上海、廊坊等地的口吃研究者和口吃矫正师，中国口吃协会的代表和中央电视台等媒体的记者。在上午的开幕式上，我做了题为《关爱口吃群体，推进口吃研究》的主题发言。开幕式后，我还接受了中央电视台的采访。

10月16日上午继续开会，会议开得很成功，与会者反应很好。我原来非常担心，会议和会文的手术交织在一起，可能会顾此失彼。现在手术能按计划进行，会议也没有受到影响，我心里很高兴。

下午去医院看望了会文，其实也没有什么事情，就想陪她说说话，减轻一点儿术前的紧张。会文见到我，第一句话就是："你有会，说好今天不来，怎么又来了？"但我很快就发现，她对我的突然出现非常高兴。同室的那位病人两天前已经出院，偌大一个房间就住会文一个人，她自然愿意让我去陪她。

10月17日下午去医院，Z医生和L医生先后向我交代了手术相关问题，他们说："卵巢癌的手术叫地毯式清理手术，但手术可能做不干净，因此还要化疗。"我听了觉得有些纳闷儿。

我：什么叫地毯式清理手术？

医生：手术中要切除的部位有附件区的所有附件、网膜、回盲部的盲肠等，具体情况要等手术中才能确定。

我：为什么说"手术可能做不干净，有可能复发"？

医生：早期的卵巢癌很难发现，一旦发现就可能局部转移了，要想把腹腔和盆腔中所有可能的癌细胞都切除，是做不到的，剩下的问题只能靠化疗。

我：听说卵巢癌容易复发，是这样吗？

医生：是的。卵巢癌不像宫颈癌和子宫癌，后者在发病过程中会出血，容易被发现；而卵巢癌大多在发现时就比较晚了，在盆腔和腹腔中零星分布的癌细胞比较多，不容易清除干净。

我：手术后要注意什么？

医生：手术后要进行化疗，要一关一关过，让两次化疗的时间相隔越来越长。有些病人对化疗药物不敏感，治疗比较麻烦，只要病人对化疗药物敏感，就有希望。随着医学的发展与进步，治疗药物会越来越多，一定要配合医生进行治疗，不要放弃。

Z医生主动为会文邀请了一位老医生L当手术"挂牌医生"，在手术时进行现场指导，这让我们很放心。今天的谈话提醒我，**手术后预防复发是治疗中的一个关键环节，只要闯过头几关，后面就有希望。**

10月18日，下午2点，护士送来了两箱药，有营养药、消炎药、保肝药、保心药等，都是为明天的手术做准备的。接着麻醉室的医生来了，她让会文不要紧张，一切她都会安排好的。3点半左右，见到了"挂牌老医生"，她再次给我解释了手术方案。4点左右，得到两项最新的检查结果：CA125(癌抗原)：121.4U/mL(正常值为35U/mL以下)；CA199(糖类抗原)：7.53U/mL(正常值为37U/mL以下)。结果再次说明化疗取得了显著效果。

第二编 一场持久战

治疗癌症要有"持久战"的思想准备,不可能速战速决。

好得不能再好了

经过两个多月的术前治疗和准备,终于迎来了治疗过程中的关键性战役——手术切除。在传统的肿瘤治疗方案中,手术切除和放化疗是最关键的两种手段,其中的手术切除更像是一场打掉"碉堡"的攻坚战。病人和家属都把战胜疾病的第一线希望寄托在这场"战斗"的胜利上。

10月19日是会文做手术的日子。昨天刚从新加坡回来的儿子,上午10点刚过,就和我一起赶到了医院。病房里,会文正在输液,是为手术做准备的。下午1点前,L医生通知我在麻醉单上签字,我们静静地在手术室的等候厅里等候,心里很紧张,不知未来会发生什么。3点左右,手术室通知我们手术已经完成,希望家属尽快回病房照顾病人,整个手术只进行了一个多小时。我们急忙回到17层,这时会文已经被手术室的医生抬上了病床。会文静静地躺在床上,身上安装了各种监测设备,主要是监测脉搏、血压和血氧浓度;鼻孔里插上了输氧管,手上也插着输液的针头,开始输入防止感染的药物。医生轻轻地叫着她,不让她完全沉睡。会文一会儿说脚冷,一会儿说头晕难受,还要大便。护士告诉我,这时病人根本没有大便,病人的"便意"是因为肠道不通畅引起的。

下午4点左右,"挂牌老医生"L来查房,我和儿子赶紧过去打听手术的情况。他的回答很简单:很顺利,看得见的都切掉了。20分钟后Z医生也来看望会文,她披散着头发,看来是刚下手术。我走过去问她:"Z医生,辛苦了!能给我们介绍一下手术的情况吗?"Z医生一如既往回答得非常简单:"瘤子没有了,坏死的东西都切了。"我问:"现在对家属有什么要求?"回答:"三天内不要来病房探视。你们来的人太多,要赶快撤离。病房小,人多了氧气不充分,对病人恢复不利。"我们商量了一下,决定只留下儿子,其他人都立即撤离。

几位亲戚和同事都自告奋勇要留下来照顾会文,按照情况我们安排了这几天的值班。病人在手术后48小时内要练习站立,最好能下地走走,避免肠粘连。晚上我给值班的同事打电话,才知道在护工的帮助下,会文不仅站起来了,而且能下地走了,真让人高兴。会文很坚强,她知道应该做什么来和疾病抗争。**这种内在的求生欲**

望在治疗疾病——特别是治疗像癌症这种疾病中非常重要。

有人在医院照顾会文，让我能安下心来处理学校的事情。10月20日上午，我给研究生上了课，下午主持了研究生论文开题报告预演。

10月21日上午，在学校讨论了国家重点实验室课题申报问题，下午去医院看望会文。经过两天的调理，会文看上去好了许多。查房时Z医生和L医生都让会文不要老是躺着，能坐、能走就要多坐、多走。晚上学生L来电话，介绍了术后的护理常识：(1)病人想咳嗽，又怕腹部震动难受，可以让护工用手压住病人腹部的肌肉；或者用手轻拍病人的后背，从下到上，从外到内；(2)为了让病人顺利排气，可以让病人闻柚子皮的气味或煮橘子皮的水让病人喝；(3)如果病人感觉肠子发胀和疼痛，可以让护工将手放在腹部不开刀的那一侧，轻轻颤动，帮助肠子蠕动，减轻疼痛；(4)排气后，可以开始进食。第一顿只喝米汤(不要米粒)，加少许盐；第二顿还喝米汤加盐；第三顿可吃米汤加无油蔬菜；第四顿可吃稀饭，适当放些素肉末。经过逐渐过渡，3~4天后就可恢复正常饮食。

10月28日，手术后的第9天，会文的刀口拆线了，感觉很好。医生告诉我，CA125已经下降到20U/mL左右，达到了正常的指标。这真是一个惊人的可喜结果。我立即把这个消息带回病房告诉会文，她高兴得情不自禁地用双手捧着我的脸说:"大家努力的结果!"

儿子的假期结束了,今天要回新加坡。儿子这次回家,从精神和生活上都给了我很大的支持。我一直认为自己独立生活的能力很强,不需要子女的照顾,但这次我的确感受到了儿女的支持很可贵,也许自己真的"老了",才有了这种心态。

10月31日上午,会文开始了手术后的第一次化疗,当天没有出现不良反应。

下午L医生来查房,对会文说:"看你恢复得多好啊!"会文回答说:"就今天好些,昨天还不行呢!"L医生走后,会文问我:"他们都说我很好,是真的吗?"我说:"当然是真的,他们干吗要骗你!"输液结束后,她要求坐起来,并在房间里来回走动,我们一边走一边聊天。晚饭时,她吃了我带去的半碗排骨汤,一两米饭,半碗红豆粥,还吃了一小块红薯。看到会文今天的样子,我真高兴。

11月2日早上,会文让我写了一封感谢信,感谢妇科三的医护人员。

你们好!我的老伴儿单会文从8月2日入住肿瘤医院进行治疗到今天,已经整整三个月了。三个月来,在你们的科学治疗和细心照顾下,我们取得了第一阶段的重要胜利:病人从对癌症的恐惧阴影中走了出来,恢复了正常的心态;肿瘤被成功地切除了,手术后的恢复情况良好,按你们的话说是"好得不能再好了";家属学习到了护理病人的一些有效经验,我们对打好这场"持久战"有了更大的信心。这一切都离不开你们的负责精神、辛勤工作和娴熟医术,正是你们让病人从失望中重新振奋起来,使家属从焦虑中重新欢快了。在这些日子里,L老教授还多次亲自到病房看望会文,给会文带来了关怀、信心和温暖。在此,我和我们全家向你们,并通过你们向尊敬的L教授,向麻醉师L医生,向关心和参与治疗过程的所有医护人员,表示由衷的感谢!

原以为术后的第一次化疗会一切正常,但事与愿违,血象检查的结果显示,白细胞不到3000,血红蛋白只有8点多①,血小板还好,有12万多。按照医院的规定,这种情况还必须"留院察看"。

第二天上午L医生来病房看会文,会文问她能不能吃些保健品,L医生说:"医院给的药是经过临床实验的,比较可靠;你们提到的这些保健品没有经过临床实验,效果不清楚,但如果家里的经济条件好,吃一点也可以,没有坏处。"

术后第三天上午,L医生又来查房,比较详细地向会文介绍了情况。她说:"你的病情属于卵巢癌中最好的20%,因为它对药物很敏感,术后的恢复情况也很好,你应该有信心把病治好。"晚上,我

---

① 本书保留对血红蛋白检查结果的口语化表述,单位为g/dL。

从《健康时报》(2005年6月2日)上读到，卵巢癌之所以难治，是因为这种癌细胞自身存在耐药性，其外面附着的P糖蛋白，像一把保护伞，抵抗着化疗药物的进攻，导致治疗效果差。这就是为什么有些病人的疗效不好，而有些病人的效果好些。会文的情况属于对药物敏感的，自然是件好事。

与会文同住一个病房的那位病友已经77岁了，七年前得过肾癌，进行过手术切除，这次又得了卵巢癌，是原发肿瘤，与前一次没有关系。她有高血压，手术前没有坚持吃降压药，手术时血压很不正常，术后在特护病房住了一天。手术已经过去三天，还没有下过床。据说，她手术后不打算化疗了，除年龄大、不愿再忍受化疗带来的痛苦外，经济上的考虑也是一个原因。癌症是一种耗费较高的疾病，不少人因为这个原因不能坚持治疗而失去了生命，真的很可惜！不知这位老人的命运如何。

化疗后，会文想吃面条，医院的面条煮得太烂，她不爱吃。我想了一个办法，在学校里买了手擀面，煮熟了，过凉水，放在保温瓶的上层，把炖好的排骨汤放在下层，汤与面条分开。到医院后，用开水冲面条，放进高温的排骨汤中，一份热腾腾的肉汤面就做好了。会文很爱吃，还夸我的这个"小发明"。

手术后经过再次化疗，会文的病情在好转。我们打心眼儿里感激参与治疗过程的所有医护人员,特别是主治医生Z医生和一直关心会文的资深医生L医生。Z医生为人耿直、正派,工作责任心强,刀下功夫好;但她那直来直去的脾气和作风,开始时不为病人所理解,会文在情绪上有些抵触。随着治疗的进行,医生更了解了病人,病人也更了解了医生,医患关系变得越来越好了。会文多次感叹地说:"Z医生和L医生变得越来越好了。"也许医生们并没有改变,变了的是会文,她在重病中看到了希望,因而非常感激那些拯救过她的白衣天使们。

11月8日,化疗8天后,医院才让会文出院,这比许多病人晚了几天。在往返的出租车上,我们遇见了两位司机,其中一位姓马,50多岁了,他家是一个典型的"癌症家族",他的父亲得过直肠癌,祖父得过食道癌,伯伯得过淋巴癌,姑姑得过乳腺癌,姐姐得过良性卵巢肿瘤。

会文出院回家后,每隔一天就要做一次血象检查,结果都不理想,不是白细胞偏低,就是血小板下降。为了让会文安全通过化疗,我们又求助于中医的调理,还就癌症病人的饮食问题进一步请教了中医,医生明确回答,不要吃甲鱼、灵芝孢子粉、羊肉、海参,要少吃黄豆,原因是这些食物都含有雌性激素,对卵巢癌病人不好。这些"禁令"给我泼了一瓢凉水,如何安排会文的饮食,又成了一个问题。

女儿的一位朋友是 B 医院的妇科医生，我打电话向她请教，病人是否不宜食用含雌性激素的食物，如灵芝孢子粉、黄豆、甲鱼等。她的回答却和中医明显不同，她说："西医的看法与中医不同，这些食物都能补充高质量蛋白，没有'发物不发物'的问题；卵巢癌是非雌激素依赖型的，与子宫癌和宫颈癌不同，有些卵巢癌病人还需要补充雌激素。"没想到，在癌症病人食物的选择上，中西医在一些基本理念上竟有如此巨大的差异。

经过 20 多天的"疗养"，11 月 25 日我和会文回到肿瘤医院看门诊。B 超结果显示：有脂肪肝，但癌症无复发征候。血象检查结果是：白细胞 4870，血红蛋白 9.6，血小板 28.4 万。生化检查结果是：CA125 下降到 6.55U/mL。上次化验时还有钾元素不足的问题，这次没有了；血液中铁的含量也正常；血糖和血脂也符合要求。我急忙把结果递给会文，她也非常高兴地说："几个月来，成绩很大很大。"医院通知会文住院，会文高兴地回到妇科病房，接诊的医生还是 Z 医生和 L 医生。朋友重逢，自有一番问候。

同室原来的那位病人出院了，换成一位大学老师 L，她的爱人和弟弟都来了。L 老师刚从澳大利亚回国，原计划出国学习两年，结果只去了七个多月就回来治病了。在确诊之前，她一直以为自己的病在腹部，因为腹部积水，才回来看病的，被诊断为卵巢癌后，她思想负担很重，就像会文刚刚知道自己得了病的时候那样。她的爱人也很着急，会文告诉我，他一个人躲在卫生间哭。会文是过来人，有了经验和体会，一直在劝他们。看来，对疾病的认识和适应都需要一段时间，光懂得道理没有用，还需要有自己的体验才行。

2005年的最后一个月，大家都在相对平静中度过来了，这是会文治疗过程中最平静的一个月。12月26日进行了第三次化疗，虽有起伏，但都挺了过来。最近实验室开始忙着验收的事，会文知道我工作很忙，让我尽量不要去医院陪她，有事情就用电话联系。但我脑子里仍有许多担心的问题，手术后一般要进行多少次化疗？有人说，化疗对人体的伤害不亚于癌症本身的危害，有些病人不是死于癌症，而是死于化疗，这些说法对吗？有人说，在癌症治疗中很容易出现"过度治疗"或"过度用药"的现象，会伤害病人的健康，给治疗带来很坏的结果。在癌症治疗中如何避免"过度用药"或"过度治疗"？这又是我们面临的一个问题。我知道这些担心没有用，但无法避免。

化疗是把双刃剑

医生告诉过我们，卵巢癌不同于别的一些癌症，当它被发现时，就可能已经广泛转移了。手术切除不可能解决全部问题，不能达到"根治"的目的，因此，化疗就成为对体内癌细胞进行大清扫、杀死潜伏在体内各处的小肿瘤、夺取抗癌最后胜利的关键手段。正因为这样，能不能经受住多次化疗的考验，也就成为医生和病人最关心的问题。新年伊始，新的问题一个又一个出现在我们面前，医生无奈，病人和家属也万般苦恼。

今天是 2006 年元旦，新的一年开始了！早上我对会文的第一声问候是："把灾难性的 2005 年远远地抛在后面，让我们开始健康、平安的 2006 年。"

1 月 7 日。昨天学生 PJ 来电话，介绍了她的姐夫，肿瘤内科的一位医生。晚上 8 点过后，我通过电话进行了咨询。

我：根据什么确定化疗的次数？

对方回答：要综合考虑病人的年龄、病情和对化疗的耐受力。

在介绍了会文的年龄和用药情况后，他认为用药剂量是适当的，化疗后血象的下降也符合一般情况，由于身体已经接受了几次化疗，恢复差一些也很自然。如果病人不能忍受化疗的副作用，可以适当减少化疗药的剂量，如用两支多一点，扔掉一部分。

我继续问：化疗后血象不正常，有什么办法？能不能用中药调理？

答：一般是对症治疗。癌症治疗主要依靠手术、放化疗，不排斥中药，中药可以用来扶正，但对癌细胞的攻击作用缺少临床实验的支持。

问：病人最近出现了血糖升高问题，血糖上升与化疗有关系吗？

答：化疗药物不会提升血糖，但辅助药（如激素）对血糖有影响。如果发现血糖不正常，只需限制糖的摄入量和适当增加运动，该用激素时还需要用。

问：卵巢癌是不是雌激素依赖型的？在食物选择上要注意什么？

答：宫颈癌是雌激素依赖型的，治疗中要注射药物抑制雌激素；卵巢癌不像宫颈癌那样有明确的结论，但有一定关系，因此注意一些是可以的。在整个化疗期间（4～6个疗程内），饮食应该清淡些，不要补充过多的蛋白质和胆固醇，化疗结束后才应该增加。在这个问题上，不同的医生看法不一样。

我还就血糖升高问题咨询了B医院内分泌科的一位医生。她告诉我："病人的情况挺好，可以通过饮食进行调理，不必打针吃药；喝汤时要注意撇去上面的油，炒菜时少放一点儿油；可以少食多餐，每天可以吃5～6顿，每顿1两；水果最好在两顿饭之间吃，离吃饭时间远一点儿；香蕉和枣等含糖量高的食物不要吃，柑橘可以吃，每次不要超过4两。"

1月16日，我陪会文去医院门诊，在候诊室，见到一位来自秦皇岛的病人家属。他的爱人在1994年发现得了卵巢癌，动了手术，切除了卵巢，当时他也是到处奔波，为爱人寻找治疗癌症的药物；1997年又发现子宫出了问题，切除了子宫。现在已经过去十二三年了，还有问题要解决。真是一场持久战，不能掉以轻心！

1月19日收到医院通知，让会文准备接受手术后的第四次化疗。这次安排她住在12号病床，没有电视，每晚只收28元床位费，属于经济实惠的床位，会文很高兴。从得病以来，由于治疗费用比较高，会文常常担心"钱"的问题。我多次对她说，好好治疗，好好养病，钱的问题不要考虑，更不要担心。但一遇到实际问题，她总怕多花钱。

这次与会文同屋的病友来自包头,40多岁,是2005年6月发现得病,并进行了手术。开始时情况还好,但在第六次化疗后,病情反复,对原来的药物不再敏感,需要换用别的药物。病人和家属受到很大影响,情绪比较低沉。

见到Z医生,她说:"能够'扛过来'的病人,都是对药物敏感的人,如果病人对药物不敏感,那就没有办法了;手术要做,但做了手术不等于就不复发。"这是实话实说,但听起来还是让人有点儿毛骨悚然,不知道会文属于哪一种人。

1月20日一大早,儿子又从新加坡回来,带回来整整一箱子的"礼品",用来答谢大家。

1月28日是阴历除夕。儿子的归来,增加了家庭团聚的气氛。晚饭我做了几个菜,算是全家人的年饭。吃饭时,我们互相祝愿健康,这是当前大家最关心的问题。春节期间会文的弟弟和妹妹都来家中看望她,她的表弟和弟媳也都来了,相聚一堂,自然非常高兴。大家都期望着新年带来新的气象,会文会变得健康起来。

2月13日会文去医院,准备进行第五次化疗。上午10点左右,我急忙结束了实验工作,回到家送会文去医院。这次病房中的病友是一位来自北京大兴区的病人,51岁,半年前,会文刚转到妇科三时就认识她。据说,她是2002年检查出卵巢癌的,2005年12月发现"复发"，就又来医院了。复发后，原来的化疗药不再起作用，只能改用另外的药物。对这些"新药"，医生没有经验，不知效果怎样。

2月14日，会文的血象检查结果出来了，白细胞只有2000多，血红蛋白8.7，血小板6.5万。L医生说，血象指标太低，化疗不能按计划进行，建议立即用药并输血。今天是情人节，没想到竟与会文相聚在医院里，陪伴在病榻旁。血象上不去，我们的心头都蒙上了一层阴影。

2月15日，血库没有采集到AB型的全血，今天会文只输了200ml血浆，最近血库的存血紧张，特别是AB型和B型的血液。一位老师建议，在本单位找几个自愿献血的人，但被会文断然拒绝了。会文说："找本单位的人献血，影响不好，这个'情'还不起。"

2月下旬，我们实验室要接受科技部的检查和评估，评审合格才能成为国家重点实验室。这次检查对实验室的发展来说，具有"生死存亡"的意义，大家自然格外重视。如何平衡实验室的评估和会文的治疗，是我面临的一个重要挑战。我既要准备实验室的汇报材料，参加各项评估检查活动，又要应对会文治疗中出现的各种问题，特别是化疗引起的副作用。

3月1日，评估顺利结束。送走专家后，大家松了一口气，不约而同地聚在二楼实验室的入口处，合影留念，疲惫中又非常兴奋，一阵欢声笑语之后,大家纷纷离去。我留在那里,望着实验室的名称和目标,心里既高兴又有一丝伤感。二十多年来,我在汉语认知方向持续进行了研究,近几年又在认知神经科学方向进行了艰难的探索,总算有了一些成果,对学科的发展和实验室的建设贡献了自己的力量;但想想自己的年龄和重病中的会文,我又一次感到退出这个领域只是早晚的事。人的事业总要画句号,什么是我事业句号的标志呢?

3月8日,国际妇女节。上午会文的三位好朋友来家里看望会文。会文的精神不错,和她们有说有笑。想留她们在楼下的小吃店吃饭,她们怕会文过累,谢绝了。

下午是实验室研究生本学期的第一次活动,根据实验室评估的结果,我讲了本学期工作的几点意见,主要有以下几点:(1)在新的起点上要有新的标准。人的认识往往落后于现实的发展,人已经进入国家队,标准还停留在省队或县队。进入国家队,是荣誉,更多的是责任,要有国家队的意识,要有顽强拼搏的精神,要克服自身的惰性,跟上形势的发展;(2)要凝聚研究方向,调整研究力量,提高研究水平,出一流的研究成果;(3)要提倡拼搏精神、学习精神和创新精神。实验室引进了许多新的研究人员,他们带来了新的思想、知识和经验,要好好学习,才能天天向上。

会后回到家，会文告诉我，下午在校医院检查血常规，结果是白细胞2800，血小板2.6万，血红蛋白8.7。和肿瘤医院的医生联系，需要尽快回医院处理，真没想到，回来不到一周，又要回医院去，下午给研究生讲话时的那一股热情，回家后又被这个坏消息浇灭了。

3月9日，吃过早饭，我们就叫出租车去肿瘤医院，7点50分，进入病房，见到Z医生。她说："你快去办手续，上午还要做血常规检查，如果太低，要考虑输血。你老伴儿的化疗也许就做到这里了，再做下去把身体伤了，不好。"

在住院部我们等候了快2小时，才办好入住的手续。这次，会文被安排在39号床。原来的那位病人没有人来接，我们只好在楼道里等候。有一位病人的家属过来和我们聊天，他刚过60岁，前年（2004年）9月他爱人得了卵巢癌，他便办理了退休手续，全力照顾他爱人。据他说，卵巢癌的复发率很高，他爱人就复发了。原来的药不能再用，要用新药进行治疗。第一天化疗后，隔七天再做第二次。有人反应大，不能做第二次，第一次也就无效了。真复杂，也真揪心！

复发来得太快

按照医生的要求，会文需要每月进行一次CA125检查和B超检查，这是监测病情是否复发的重要根据。第五次化疗后，经过半个多月的休养，会文的血象开始正常了。

3月30日上午，会文去医院做B超，看了两天前做的生化检查。这次的结果是：CA125为6.02U/mL，比上次的5.5U/mL略有上升。会文问了门诊医生，医生说这种小的浮动不要紧，可以放心。

4月13日上午会文去校医院检查血象，结果是：白细胞4700，血红蛋白11.9，血小板10.4万。今天天气不错，检查后我陪会文在校园内散步，走到了主楼附近，来回约3000步，这是会文得病以来走得最远的一次。近日看到许多抗癌英雄的经验报告，安排癌症患者适当外出旅游，对治疗有好处。我一直想在会文体力允许的情况下，试试这种"休闲疗法"。

5月20日早上起来，天有点阴沉，气象台预报，阴有小雨转多云。早饭后，天空明亮了一些，我决定陪会文去中山公园赏花。会文结束化疗之后，体力渐渐恢复，我想用周末的时间陪她出去玩玩，前几周天气一直不好，拖了好几次，没有成行。上午9点半，会文和我从家里出发，先坐22路公共汽车去西四，再转乘出租车到公园东门。进门时，我们买了参观花展的门票。今天公园里游人不多，除几位老人拉二胡的声音和唱戏声音外，公园里显得非常安静。我们顺路走到河边，从西往东走过去，又转向公园的南侧，顺路参观了唐花坞和蕙芳园。唐花坞正在展出蝴蝶兰、凤梨等许多花卉。蕙芳园是一个园中园，之前没有进去过，穿过一片竹林之后，便到了展室，里面正在展出不同品种的兰花。虽然在"重病"中，但会文的精神不错，中午我们在平安大道的一家餐馆吃午饭，点了四个菜，口味不错，吃得比较尽兴。

5月22日一大早，我陪会文去医院看CA125的结果，顺便挂了个专家号，请Z医生看看。医院的病人很多，候诊室里挤得满满的，到处都是人。会文排到第14号，好不容易等到11点半才轮到她。我坐在楼道里等候。会文出来时，脸色有些阴沉。没等我发问，她就说了："CA125不好，又上去了。Z医生让我再检查一次CA125，怕有误差，还要做一次CT。"我忙着问："结果呢？我看看。""Z医生没有给我，但我看了，242U/mL。怎么会这样！"

我对"复发"有思想准备，这是我近来情绪烦躁不安的重要原因，但复发来得这样快，还是让我感到非常意外。我说："先不要着急，可能有误差呢！即使有问题，也要总结经验教训，看看前阶段哪些做得好、哪些做得还不好。"会文说："Z医生说了，让你不要嘀咕，你老嘀咕。""是吗？这一段时间，你的心态调整得还不错，我没有老嘀咕，而且我也不相信，嘀咕就会让病这样快复发。"我不以为然地说。我们急忙到楼下验血，然后又去CT室办理预约。一路上，我的心蒙上了一层阴影。如果会文的病真的复发了，她的心态将面临一次新的挑战，在某种意义上，这将比去年发现生病时的第一次挑战更加严峻。

在面临危机时，人容易出现各种"美好的"幻想。事情真的会是这样吗？这种倒霉的事情为什么偏偏降临在自己头上？是否还有另一种可能性？去年会文刚住院时，我们都曾这样想过：她的病也许是良性的，像过去一样有惊无险；治疗会出现奇迹，她的病情会比别人好一些，等等。后来经过手术和化疗，会文的CA125迅速下降，我们非常高兴，会文对治疗也充满了信心。近来她无论在医院，还是在家里，心情都好了许多。她坚持要干家务活，叠被、洗碗、洗小件衣服；每天外出散步两次；天热了，她还亲手缝了两床薄被子；

我的裤子开线了，她又亲手给我缝好了；几天前还坚持去中山公园玩，处处都表现出对生命的热爱和战胜疾病的勇气和信心，这是多么难得啊！如果病真的复发了，而且来得这样快，她能承受住这个新的打击吗？

累了一天，晚上我们早早就躺下了，但没有睡着。会文吃了两次安眠药，我吃了一次，才勉强睡了四五个小时。睡下后，我突然觉得今后照顾会文的担子更加重了，我是不是该"退"呢？

5月24日上午，会文约了几位朋友来家里打扑克。自会文病后，他们的联谊活动中断了近十个月。会文今天显得很高兴，早饭后，她从衣橱里挑选了几件衣服，征求了我的意见，穿了一件最满意的。人到齐后，我拿出数码相机，给他们照了合影，这是会文得病后第一次不戴帽子拍照。他们在一起玩扑克，打百分，像往常一样，玩得很开心，牌桌上不时传来笑声。11点半，双方都打到5，该吃午饭了，才停下来。中午，会文请几位朋友在校内餐厅吃饭，我没有参加。在吃饭快结束时，会文才给他们介绍了病情的最近情况。她没有一开始就讲这件事，是因为怕影响大家的心情。她事前告诉我，这是一次难得的聚会，要让大家玩得痛快些。她似乎有某种预感，担心以后不会再有这样的聚会，在大家高高兴兴、欢声笑语的背后，她隐瞒了自己的伤感。大家理解她的心情，不愿意说破这一点，除劝说几句外，只能默默地离去。

情况不容乐观

5月25日上午，我陪会文去医院做CT检查，顺便看了22日复查的结果：CA125为317.7U/mL，说明上次的检查没有误差，与5天前相比，又上升了许多，这的确是个不好的信号：癌细胞重新活跃了。会文找到Z医生，把结果告诉了她，医生说，先不要着急，等下周有了床位，可以联系住院。好友H老师来电话，提出下次去医院看病，由她和F老师陪同。妇科诊室不让男士进去，我每次陪会文看病，都被拒之门外，不能和医生当面交流，许多问题都问不清楚。晚上心里有事，我睡不着，凌晨1点，起来给儿子写信。在信中，我讲了会文病情的复发、我的心情以及下一步可能的选择。

我还告诉儿子："最近我们见到一位病人，是1986年发现得了病，20年来，复发过很多次，也做过很多次化疗；另一位病人近5年来一直是在复发和化疗中度过的。这些病人的特点是，化疗后血象的变化不大,因而能坚持化疗,做到'带瘤生存',因此,如何应对化疗的副作用,成为与癌症抗争的一个关键因素。"我在信的末尾说:"妈妈的身体原来就不强壮,化疗对骨髓的抑制作用很大,以致几次调整化疗药物的剂量,并取消了原来计划要进行的术后第六次化疗,这可能给癌症的卷土重来创造了条件。我今天征求了 B 医院两位医生的意见,他们都认为要调整化疗方案,给病人多一些支持,至于说要不要换医院、换医生,现在还说不好。"

5 月 27 日晚饭后,我和会文照例外出散步,会文告诉我,下午和晚上觉得腹部隐隐有些痛。我听了内心有些急。

5 月 28 日晚上儿子来电话,当我把会文的情况告诉他时,他也觉得很吃惊,但他认为:(1) CA125 的标记作用是相对的,不是绝对的,每个人的"正常水平"可能不完全相同。会文发病时的 CA125 很高,比许多病人高得多,因此,她的正常值可能也高于别人。(2)不要简单地接受"复发"这个结论,要采用 PET① 等技术手段确定盆腔中是否有复发的病灶。有,才需要化疗;没有,就不必化疗,毕竟化疗对正常细胞的伤害太大,要尽量避免。(3)应该先回肿瘤医院继续接受治疗,不要急于转医院、换医生,医生了解病人,对治病非常重要。(4)建议先用原来的治疗方案试一次,如果有效,就说明没

---

① 正电子发射计算机断层扫描。

有出现抗药性或耐药性。

5月29日，我决定送会文回肿瘤医院继续治疗。为了能和Z医生多说上几句话，了解病的情况和今后的对策，会文同意请同事H陪我们一起去。今天医院里的病人很多，候诊室和楼道里挤满了人，到医院后，我们先去服务台拿CT的检查结果，从结果看，盆腔中没有发现病灶，腹腔中有几个小淋巴结，肝上有一处问题(1.6cm的稍低密度灶)，要进一步检查。会文显得很敏感，脸色一下就变了，坐在化验室前的椅子上，和H一字一字地"琢磨"CT的检查结果。我担心会文看了结果增加顾虑、影响心情，想引开她们的注意，但一时想不出好办法，心里着急，说话就有些带气："你们别在这里'瞎嘀咕'好不好?"会文说我态度不好，不应该当着同事的面，说她们"瞎嘀咕"，一脸不高兴。我只好"不理"她们，坐在一旁，让她们去"琢磨"。会文还说到，医院在化疗后不再给那些"保驾"的药了，为什么，医生没有说。

6月的第1周是高校老师最繁忙的时候，这是研究生集中进行毕业论文答辩的时间，和农村的三夏农忙时节有些相似。我今年有三位博士生和两位硕士生要毕业，还要参加其他老师的学生的论文答辩。从6月1日到3日，整整忙了3天。几个学生都顺利通过了答辩，学生高兴，我也高兴，没有因为会文的病影响到学生。

6月5日上午当我进入妇科三时,正看到Z医生在护士站和几位护士谈话,我走过去问她:"Z医生,有时间吗?我想和你聊聊。""可以,来这里。"一边说一边带我往会议室的方向走。会议室有人在谈话,我们又折回到医生办公室。坐下后,我说:"忘了带上次CT的结果,上面显示肝区有一个1.6cm的稍低密度灶,明天我再把结果带过来。"Z医生回答:"没关系,现在还看不到什么东西。""结果显示腹腔中有几个淋巴结,但比手术前小了。""这关系不大,但她的CA125上去得太快,这不好。有些病人的CA125下去得慢,上来得也慢,如果数值稳定在几十,我们都不做化疗,除非升到100U/mL以上,我们才处理。这种病人几年后才复发,存活的时间也比较长。像你老伴儿的这种情况不多见,下去很快,上来也很快,这种病人不好治疗,存活的时间一般不会很长。"

几句话把我说蒙了。我问:"下一步应该如何治疗?""可以全部换药,但两种药都是自费。"我说:"费用没关系,需要什么就用什么。""也可以换一种,留下一种。"她说。这时ZK医生过来说:"药已经发给病人了。病人的CA125上得快,是否与上次杀得不彻底有关,如果是这样,可以保留原来用过的一种药。"我说:"这个请医生决定,我们不清楚。"ZK走后,我接着问Z医生:"是否有这种情况,即病人的CA125正常值偏高,不是稳定在100U/mL以内,而是稳定在一个较高的水平？因为有这种想法，上周四我们又让病人做了一次 CA125 的检查。""结果呢？""还没有拿到。""应该有结果了，你赶快去化验室看看。"我赶忙走到门诊部的化验室拿结果，生化全项的检查结果都还好，只有少数几项偏离了正常值，CA199（糖类抗原）、CEA（癌胚抗原）和 AFP（甲胎蛋白）三项也正常，但 CA125 是 493.9U/mL，刚过了 10 天，又升高了许多。

我急忙回到医生办公室，把结果告诉 Z 医生。她正在忙着看片子，只回答了一句："别太伤心了。"她可能意识到自己的话说得不合适，嘴里嘀咕了几句，没有继续说。我没有听清楚，想再问，又怕知道得太清楚，反而增加心理负担，只好算了，但是，医生的这句"别太伤心了"却一直留在我心里，久久不能抹去。这是否意味着治疗已经没有希望，接下来的任何努力都不会有效果了，我不愿意接受甚至排斥这个结论，但又觉得可能要被迫接受这个结论，觉得很可怕。

这次会文住在 17 号床，这个病房原先住过，当时住在 19 号、靠窗子的那张床。和会文相邻的 18 号床住着一位来自佳木斯的病人，今年 36 岁。她的情况和会文有些类似，去年下半年发现得病，两侧卵巢各有一个肿瘤，11 月动过手术，CA125 很快正常了。2 月份做过一次 CT，当地医生说没有问题，5 月份复查，发现两侧各有一个杏大的肿块，奇怪的是，这时的CA125仍然正常，来北京后，这边的医生看了CT的结果，认为2月份就已经复发，也就是说，在化疗期间，病就复发了，真的难以想象。会文劝她不要担心，好好治疗，总会有办法。其实，我心里清楚，这个病人的情况肯定会给会文带来消极的影响。卵巢癌真是一种难以对付的肿瘤，什么情况都可能出现！

晚上儿子来电话问妈妈住院的情况，我如实说了今天经历的一切和我自己的担心，为了不给孩子增加思想负担，医生的有些话我没有告诉他。

晚饭后会文在医院给儿子打电话，句句讲的都是交友做人的道理，真是苦口婆心。会文身体不好，但只要谈到这件事，就是再累也不怕，这就是一个母亲的心！会文说，人的一生需要学习许许多多的东西，其中交友、成家、立业都需要学习。人在年轻的时候，可能并不理解家庭的重要，但到一定年龄后，就会懂得家庭的重要了。

6月8日，早上起来，我给儿子写信，信中说："从你昨天发给我的材料上看，多数得妈妈这种病的人，存活期不是很长。我们希望尽一切力量让妈妈康复，但能不能康复就不好说了。人生活在社会中，每时每刻都要与人交往，学会了交往，才能与人相处，得到别人的支持和帮助,因此交往能力和智力是同样重要的两种能力,对事业、对生活,两者缺一不可。在这方面,你还需要好好学习,努力提高自己,要学会和别人打交道,在交友过程中,你能学习到如何让对方了解自己,也能学会如何了解对方。"

练就乐观的心态

几天前，L老师在病房里向会文推荐了一种练就乐观心态的方法——健身操，分为静功和动功两部分。它的核心要求是"乐"，在"快乐"原则下，通过自我调节"闭目养神，查乐收心"（静功）和外部活动"行善改过，生乐放心"（动功）产生积极乐观的情绪，帮助病人恢复健康。练习这个方法的基本点就是：乐呵呵、笑眯眯，做事、想事都这样，有三不想：不想自己的病，不想不高兴的事，不想算计人的事。这让我想起心理学中的"情绪调节"技术，通过完成不同的认知任务，诱导出积极情绪，有可能改善人的免疫系统的功能。经过打听，北师大附近的双秀公园有一个练习点，每周二、四、六上午8点到9点是集体练习时间，会文想去试试，我很支持。

6月17日上午，我陪会文去双秀公园，在公园右侧的树林里，找到了练习点，那里聚集了100多人，7点50分，我们到达时，练习已经开始。主持人是X老师,她先带领大家唱"快乐歌",人群里爆发出一阵一阵的笑声,接着主持人又讲了两个笑话,一个是"无齿之徒",讲述了一个老年人掉牙后的种种感受,另一个是美国总统的故事。笑话引发了新的笑声,这就是主持人希望得到的"动功"效果。我们是步行去双秀公园的,会文觉得有些累,练习结束后,又觉得很轻松,一路上说说笑笑就走到家了,可见积极乐观的心态对人的健康有多么重要!

两天后,会文验血的结果是:白细胞3100,血小板5.3万,血红蛋白9。前两天,会文没有用药,这次血象上升完全是自身免疫力提高的结果,真让人高兴。这可能与新的化疗药的副作用较小有关,还可能与练习"健身操"后心情的改善有关。这几天会文的心情不错,大家都很高兴。

6月20日继续陪会文去双秀公园练习。他们练习期间,我在公园内走了三圈,已经几年没有在双秀公园这么锻炼了,活动后觉得很舒服。公园内锻炼身体的人很多,有的练剑,有的打拳,有的跳舞,非常热闹。现在生活水平提高了,人们对自己的身体也关注多了,大家都希望健康地生活,有更高的生活质量。最近由于学生的研究计划累累出现问题,加上担心会文的病情,我的心情不好,脾气很大,无处发泄,我几次想发火,但还是压住了火气,劝自己耐心点。看来会文需要进行情绪调节，我同样需要进行情绪调节。

6月21日，今天会文有"八乐"。早上陪会文外出散步，从家里出去朝南走，到英东楼，转向南广场，广场上新摆放了许多盆栽的荷花，有的正含苞待放，绕到广场的东侧，经过教二楼和外专楼，折回到东校门直对着的大路，再经过科技楼回到家里，会文感觉很好，走得比较远，还不觉得累，其乐一也。7点刚过，听到敲门声，打开一看原来是会文的侄女带着她的男朋友来看望我们，小伙子长得不错，身高一米八，爱说话，很大方，初次见面，一点儿也不拘束，会文非常关心侄女的婚事，看到她结识了这样如意的男朋友，非常高兴，其乐二也。侄女还从家里带来了一些野菜，让会文包饺子，其乐三也。上午9点，会文外出洗澡，非常顺利，没有觉得不舒服，其乐四也。9点半，会文的好朋友F老师来家里看望会文，带来了亲手调好的四种饺子馅儿和饺子面，还有一些保健资料。会文10点钟回家，见到F老师，非常高兴，其乐五也。一位朋友从石家庄来北京参加学术会议，中午1点来家里看望会文，谈话半个多小时。会文精神很好，谈笑风生，其乐六也。晚饭会文吃了野菜馅儿饺子，很高兴，其乐七也。下午去校医院检查，血小板从前天的5.3万上升到今天的5.8万，说明化疗后血象正在自然恢复，其乐八也。我告诉会文，有此八乐，心态好，希望血象能够正常！

我曾经尝试过问身边的一位朋友："今天有几件事让你高兴?"他一件也想不起来；相反，如果问他有几件不高兴的事，他能一口气讲出好几件。可见，人记住不高兴的事情较容易，而记住高兴的事情反而较难。多想"高兴"的事，少想"不高兴"的事，并不是一件容易的事情，要经过经常练习，才能做到。

6月22日晚饭后，陪会文外出散步，我问她："你今天有几件快乐的事?"她说想不出来。经过我启发，才发现了四乐：早上散步，在京师广场观赏了正在开放的荷花，亭亭玉立，很开心，其乐一也。中午女儿来电话，提出8月底要回家探亲，其乐二也。晚饭后查餐后血糖，7.9mmol/L，正常，其乐三也。晚上儿子来电话，详细问了她的身体情况，说明孩子们非常关心妈妈的健康，其乐四也。按照"健身操"的要求，快乐的事要多想，不快乐的事不要想，时间长了，对身体健康就可能产生意想不到的结果。

6月23日陪会文去肿瘤医院检查，并联系复发后的第二次住院化疗。从门诊处出来，遇到了会文的病友S，这位病人看上去很健康，但治疗中却遇到了麻烦，经过14次化疗，CA125还在160U/mL以上，病情没有得到控制，Z医生说没有有效的药物可用了，建议她用"实验药"试试。S的思想负担比较重，为了帮助S，会文决定送给她一套"健身操"的录音带。非常奇怪的是，会文见到S后，情绪一下就低落下来，显然受到了 S 的影响，**看来，与同类病人交往可能对会文没有好处，这是病人在社交中要注意的问题。**

上午 10 点，血常规检查结果出来了，白细胞 5100，血红蛋白 10.3，血小板 10.6 万。几项指标完全符合化疗的要求，真是一个好消息，说明在上次化疗后，"保驾"措施产生了效果。下午 B 超结果也出来了，没有复发迹象。

今天值得会文高兴的事有：(1)送给病友 S 一套"健身操"的录音带，安慰了一颗受伤的心灵。(2)顺利进行了体检，一天内把应该检查的项目都检查了。(3)血象正常，B 超没有问题。(4)和 L 老师通电话，交流了练习"健身操"的心得。

6 月 27 日下午去医院看望会文。我先到病案室取到了 CA125 的检查结果，经过这次化疗，CA125 从 492U/mL 下降到 191U/mL，说明采用的化疗方案有效，拿到结果后我赶快去病房告诉会文，她看了也觉得高兴。与病友小 S 和小 Y 相比，会文是幸运的，小 S 已经做过 14 次化疗，CA125 一直居高不下，不少化疗方案都宣布无效；小 Y 的 CA125 一直正常，但病灶却在不断长大，最近一次化疗前，盆腔中两个肿物的大小约为 2cm×2cm，化疗后检查，反而长到 4cm×3cm 了。

我等到下午，才把会文 CA125 的检查结果拿给 Z 医生。谈话非常简单,她看了看结果,问上次检查的结果是多少;我说,从492U/mL 下降到 191U/mL;她说,不错;我问是不是继续用原来的治疗方案;她回答,是。5 点 40 多了,医院传呼机传来叫会文的声音,让会文去检查室。快 6 点了,Z 医生和 ZK 医生才一起来查房,通知明天做复发后的第二次化疗。

从医院出来,在候车站碰到妇科三的护士长 S,我们一起上车,正好和她聊天。护士长家住天通苑,坐公交车从家里到医院有时要花两个小时,医院有班车,但下班晚了,常常赶不上,她的孩子这几天参加中考,但工作忙,顾不上。我说,病人需要医生的鼓励和关心,她很同意,认为医院里应该有负责心理治疗的医生,现在病人多、医生少,太忙了。她还说,Z 医生的女儿明年参加高考,是北京四中的高才生,学习很不错,Z 医生工作忙,没有时间管她。看来大家都一样,忙于自己的工作,子女的教育没有时间管。

她是我们的"明星病人"

6月30日,我这两天没有去医院,一来是学校有事,二来是这两天会文在做化疗,整天都是打针、输液,有XM在那里陪护,我去了也只能坐在一旁。会文说,你与其在这里花费时间,还不如在家里处理工作。

8点半左右,Z医生带着两位医生来查房,见到我们,朝大家笑了笑。会文把事先准备好的一张纸条交给她:"Z医生,这是我要带回去的药。"Z医生笑着说:"又给我们'下医嘱'了!""不是,是ZK医生让我写的。"她看了看:"有些药要到门诊开,这是医院的规定。""你们看能开哪些就开哪些吧。"我补充了一句。"口服药都可以拿,其他药只能到门诊拿。"Z医生离开了病房,大家都说,难得看到她的笑容。医生们走后,XM告诉我,前天Z医生领着妇科三的全体医生来查房,见会文时还特意向其他医生介绍:"这是我的明星病人!"

7月2日早上，陪会文在校园里散步。经过小红楼，到生命科学院，由小路从东到西，再从大路折回来。化疗后第三天，活动量不宜太大。9点钟，同事D抱着孩子来看会文。孩子长得结结实实的，刚三个月，头就立得很好，会文逗她，她露出了笑容，还用小手抓住会文的手。会文喜欢看到孩子，这是今天的一乐。

7月4日早上散步时，会文给我讲起昨晚做的一个梦：时间回到了在四十六中工作的时候，她和另一位同事给学生监考，发现一些考生在说话。按照她原来的脾气，她会很生气，并狠狠地批评学生；但这次她变了，她走过去用比较缓和的语气让学生别说话，没有生气。我开玩笑地对她说："这是你练习'健身操'取得的成绩，说明你的'性'正在改变啊，这种变化出现在梦中，也就是在'无意识'水平上，这才是'真性'的改变。"我还说，"'练性'要经过量变到质变，量的积累才能引起质的改变。"上午读到一篇文章：全球首个宫颈癌疫苗获准上市。文章提到，疫苗对未感染过HPV16、HPV18型病毒的宫颈癌和癌前病变有100%的预防作用。预防癌症的梦想开始成真了，可能离治愈肿瘤的时间也不远了，多么希望会文能赶上这种好机会！

7月5日早上去京师广场散步，在主楼西南角路口见到了K老师。几年前，她得了脑瘤，在医院动了开颅大手术，手术后嘴歪斜了，几年来经过中西医治疗，病情得到控制，嘴部的痉挛也好了许多。她向会文讲解了治病的经验，几年来，她学习了许多医学知识、保健知识，还学习了易经，她说，这几年觉得自己"大彻大悟"了，和自然也更和谐了。一个人要做善事，要帮助别人，做了善事，心里就高兴，心态好了，身体也会跟着好起来。

广场上的荷花盛开，其中有一朵白色的，特别漂亮。吃过早饭，我带着相机回到广场，拍了10多张照片，回家后急忙拷到计算机上，放给会文看。会文刚做完静功，说一想到早上看到的荷花，心里特别高兴，就自然地笑了起来。

7月6日早上，会文拿了一些小米，准备到物理楼后面的树林里喂鸽子，可惜我们去晚了，树林中只有几只鸽子，而且很快都飞走了。回家时，我们一边走，一边聊起了1999年夏初在英国访问的那些日子。每天上午，我去纽卡斯尔大学上班，会文留在家里，做操、看小说、收拾家务。有时我陪她去附近的草场散步，从家里带一些面包到附近的李斯特公园喂湖中的野鸭，湖中有四五个鸭群，每群都是一个家庭，白天鸭妈妈带着自己的小宝宝在湖中捕食、嬉戏，鸭爸爸则在远处守护着他们，晚上都回到湖心的小岛上栖息。那次是会文第一次陪我出国访问，也是我们过得最轻松、最悠闲的一段日子，说到这些往事，会文开心地笑了。

上午10点，会文去校医院进行了血常规检查，结果不错：白细胞为3700，血红蛋白为9.1，血小板稍低，但还有6万，比过去几次化疗后的情况好一些。会文高兴，我也高兴，不约而同都想到了"健身操"可能的贡献。

7月7日，会文邀请了她的几位好朋友来家里聚会、聊天、打扑克，今天有此雅兴，和近来她的心情和身体状况比较好有关系。但我一直提醒她要注意适度，不要过于劳累了。

7月8日上午陪会文去双秀公园练习"健身操"。今天是Z老师和W老师讲练习的体会。W老师是大学教授，20世纪50年代从新加坡归国的华侨，他介绍了郑板桥的修身经验，一个人难得聪明，也难得糊涂，但更难的是从聪明变成糊涂。他自己的体会是：不服老就会老得慢；没心没肺，活着不累；操心操肺，活着太累、还受罪。想起十多年前，我因心脏不太好，在S医院住院治疗，出院后，会文每天陪我去双秀公园散步，坚持了一段时间，身体才逐渐恢复。现在该我来陪会文锻炼身体。

第三编

在艰难中探索

医生的话对病人的影响很大，病人更相信医生的话，而不相信家属的安慰，因此来自医生的每一点鼓励、每一句宽心话，都是病人战胜疾病的精神力量。

换医生

7月14日陪会文回医院进行门诊检查，血象检查的结果是：白细胞1.1万，血红蛋白10.2，血小板10.4万，符合住院要求。B超结果没有发现问题，脂肪肝与上次检查相同。门诊看病的是Q医生，我问他还要进行几次化疗，如何掌握化疗的"度"。他说，说不好，一线化疗方案比较统一，到二线治疗，只能根据病人的情况来决定，一般需要连续两次化疗，CA125都达到正常后，医生才考虑停止化疗的问题。用什么药，也要靠医生摸索。

由于医院进行内部调整，Z医生去了妇科二，不再负责卵巢癌的治疗，妇科三由LX医生负责。医生在科室间轮换，是工作的需要；但是从病人的角度讲，事情可能是另一个样子，会文的病情很复杂，这个时候换了一位不熟悉的医生来治疗，就像"临阵换帅"一样，究竟是好是坏？从护士口中，会文知道LX医生的脾气好，她很高兴，没有在意"换医生"。

7月15日继续陪会文去双秀公园练习"健身操",是走去走回的。说来也真奇怪,会文每次锻炼回来,都说不累。今天由三位朋友谈了自己的体会,他们有的是胃癌患者,有的是肺癌患者,几年来在接受医院治疗的同时,坚持锻炼,用积极乐观的态度对待自己的疾病,身体状况看上去都不错。

换医生后,我多了一份担心,这位新接替的医生水平如何?对病人的态度如何?会文的情况很特别,我一直记得医生的那句话,"她的情况不多见,CA125下去很快,上来也很快,这种病人的存活时间一般不会很长",面对这样的病人,医生将如何处理?能不能"起死回生"?医院的病人多,医生凭借自己的记忆,对每个病人的具体情况,常常不是很清楚。

为了让LX医生尽快了解会文的病情,从公园回来后,我整理了一份材料,详细介绍了会文治病的全过程和她遇到的各种问题,准备寄给新来的医生,同时也提出了自己的希望,如:给病人多一点鼓励,让病人充满信心地面对自己的疾病;在治疗中适当给予"支持",不要对医学支持"一刀切";希望给病人提供一个更全面的治疗方案,对病人出院后的支持、康复手段提出一些建议,把治疗的"全过程"管起来;希望医生和病人家属多一点沟通,发挥家属在治疗中的配合作用等。

7月18日接到医院的通知，下午可以去办理住院手续。通知说，只有价钱高一些的床位，每晚88元，这次会文毫不犹豫地答应了。下午到医院后，我先去病历室取了会文的CA125检查结果。像我们所希望的那样，经过第二次化疗，CA125下降到12.5U/mL，正常了。我拿了结果，带着微笑向会文走去，我的第一句话就是："非常好!"看到结果，会文也高兴地笑出声来。

下午ZK医生来查房，笑着对会文和我说："你这种情况真的很怪，原来的治疗效果很好，现在对新的药物也很敏感，为什么中间会复发？可能还是化疗的频率不够，以后可能要多几次化疗。"

7月21日，接会文出院，这次住院的时间最短，前后只用了4天，不到11点，结账手续就办好了。这次化疗的反应比前几次强，中午会文只吃了一碗麦片，晚饭好一点儿，吃了一碗茄子西红柿面条。晚饭后哪里也没有去，只坐在家里看《青年歌手电视大奖赛》，今晚是通俗歌曲比赛，我不大喜欢今天的节目，演唱的内容太单一，清一色的"愁"呀、"怨"呀、"恨"呀的，除了这些消极情感，歌手好像就没有可以表达和抒发的感情了。我平日就不喜欢听这些歌，何况家里还有患重病的病人，听这些东西，只会引起消极的情绪。

7月22日，早饭前陪会文在校园里走了走，刚走到幼儿园附近，她就觉得心脏不舒服，只好打道回家。她今天还是不想吃饭，两条腿没有力气，肚子隐隐作痛，心脏也不舒服，上下楼很费力。看了一个节目，报道了今年6月21日肿瘤医院妇科三由Z医生、L医生完成的一台大手术，为病人切除了一个巨型卵巢肿瘤，重几十公斤。非常佩服医生们娴熟、精准的"刀功"！

7月24日上午陪会文去校医院进行血常规检查，结果是：白细胞3700，血红蛋白9.3，血小板5.8万。虽然都低于正常值，但低得并不多，这次化疗后，由于胃口不好，会文吃得不多，也没有吃"好"，但血象下降得并不多。和以往相比，现在药吃得少了，针打得少了，保健品用得少了，鸡、鱼、牛肉等也吃得少了，血象反而好了许多，什么原因，说不清楚。

从医院回来，见到我校教育系的一位老师，几年前她得了结肠癌，到今年10月就满五年了。她的经验是：五年中看头三年，头三年又看前两年，能坚持走过前三年，癌症就有"临床治愈"的希望。她看过一篇文章，文中有点夸张地说，癌症病人三分之一是被"吓死"的（精神崩溃了），三分之一是被"饿死"的（什么都不敢吃），三分之一是被"毒死"的（用药太多，特别是化、放疗次数太多）。她想得开，没有精神负担，去年肿瘤转移到肝脏，她没有继续化疗，也没有手术，就靠中医调理，现在指标正常，肿块也缩小了，说明控制是有效的。看来，化疗次数少了不好，会给癌症复发留下后患；多了也不好，会损害人的健康。那什么才是化疗的"度"？

7月28日是会文知道得病的一周年。上午XM陪会文去校医院检查血常规，回来时会文说，校医院的机器出了毛病，血小板显示不出来，医生让会文回肿瘤医院重新检查，会文嫌路太远，决定下午去G医院，万万没有想到，G医院检查的结果也没有看到血小板，这让我们想到，不是机器出了毛病，而是会文的血象出了大问题。我们马上和肿瘤医院妇科三联系，ZK医生让我们立刻去肿瘤医院看急诊，这时已经是下午4点多，我们草草收拾了一下东西，就急忙打车去了医院，住到了10号病床，并立即进行检查，结果是血小板下降到1.6万。医生在诊断书上写着：血小板极低，要输血小板，注射止血药。据医生说，血小板太低，很危险，可能出现全身性出血。这件事又给了我们一次重大教训，在与肿瘤的抗争中，一定要格外小心，不能有半点疏忽和大意，复发后的第二次化疗取得了很好的效果，这使我们增强了与癌症抗争的信心，但也使我们有些大意了。

对医疗模式的思考

自6月份以来,医院一直在进行"管理年活动",希望努力创建人民满意的医院,会文来医院整整一年了。7月31日,我整理了对"医疗模式"的思考,希望把我的想法反映给医院领导,帮助他们改进工作。上午我给肿瘤医院院长写了一封信,下午去医院探视时,交到了院长办公室,接收的人是院长办公室的一个工作人员,他问我:"是感谢信吗?"我说:"不是,是一份建议书。"

尊敬的肿瘤医院院长,您好!

我老伴儿单会文是妇科三的"老病人",从去年到现在,已经整整接受一年的治疗了。一年来,肿瘤医院医生们娴熟的医术、工作的积极性和责任心给我们留下了深刻的印象。最近,在去医院看病时,我们从住院部和门诊部挂着的大横幅上看到了一条条醒目的标语:"深入开展医院管理年活动,努力创建人民满意的医院""提高医疗质量，诚信服务百姓"。从这些横幅中，我们知道医院正在进行医院管理工作的改革。前些时候，一些科室也召开了病人座谈会，征求病人对医院管理工作的意见。作为病人和病人的家属，我们非常关心你们的改革，并预祝改革取得巨大的成绩。下面我想结合自己的所见、所闻、所感，提出一些意见和建议，供你们参考。

1. 医疗模式的改革。肿瘤医院接待的病人很多是患有"绝症"的病人，当病人知道自己患了某种癌症时，第一感觉往往是"绝望"和"恐惧"，对生命"丧失信心"，因此如何帮助病人从"绝望的阴影"下冲出来，配合医生积极进行治疗，是战胜癌症的第一要素。但是，在传统的医疗模式中，医生只是看病、开药、动手术，不关心或不大关心病人对疾病的态度和病人的感受，也不注意对病人进行"心理治疗"，结果是，心理健康、乐观的病人得到了有效的治疗，而心理负担沉重的病人就被"吓死"了，这种教训已经很多很多了。现在许多医生开始懂得了"心理治疗"的意义，但主动性似乎还差了一些，做得也少了一些。我的建议是：希望医生要特别关心病人的心理健康，给病人多一点鼓励，让病人充满信心地面对自己的疾病。病人对治疗的信心直接影响到治疗的效果，在这方面，医生的话对病人的影响很大，我自己的体会是，病人更相信医生的话，而不相信家属的安慰。来自医生的每一点鼓励、每一句宽心话，都是病人战胜疾病的精神力量。病人需要医生的鼓励，就像需要医生给予的手术和药物治疗一样。

2. 治疗中要适当给予"支持"。病人的情况千差万别，不应该一概而论。我老伴儿在去年手术前后进行了七次化疗，每次化疗都给了必要的支持，在有支持的情况下，血象还常常不正常，影响了按时进行化疗，今年5月复发后，正赶上医院实行改革，化疗期间和化疗后的支持一下子全部撤除了，我们怀着"惴惴不安"的心情接受了这次改革。7月19日和20日，病人进行了第三次化疗，出院时，病人希望多开一点支持药带回去，但只得到了一部分药。7月27日进行血象检查，病人的血小板下降到1.6万，不得已送回医院急诊，急诊室的医生告诉我，这种情况很危险。也许你们的改革是正确的，但任何一种正确的措施，如果绝对化了，都可能产生意想不到的负面作用。

3. 希望全面关心病人的治疗方案，指导病人"出院后"的治疗。在治疗中我们遇到的一个重要问题是：病人出院后怎么办？据我所知，许多病人出院后根据亲戚和朋友的建议，采用了不同的支持和康复措施，如服用各种保健品、进行食物治疗、选择1~2种活动进行锻炼等。由于缺乏临床医生的指导，这些支持和康复措施的盲目性很大，结果不仅带来经济上的重大负担，还可能干扰医院的常规治疗，产生不良的影响。因此，希望你们能要求医生把治疗的"全过程"管起来，不仅负责病人的住院治疗，也关心病人出院后的情况，为病人出院后的支持、康复手段提供一些建议。

在治疗中我们遇到的另一个问题，就是如何把握化疗的"度"。目前中医和西医在肿瘤的治疗方案上存在很大的分歧，用我自己的话来说，西医主张对肿瘤"除恶务尽"，手段就是手术和放、化疗，有病灶就动手术，肿瘤标记物水平上去了就放、化疗；中医主张"保守"疗法，允许"肿瘤存在""带瘤生存"。在这种情况下，病人和家属常常为"难以决策"而烦恼，作为国内一流的肿瘤医院，我们希望得到你们实事求是的建议。

4. 医生应多一点和病人家属的沟通。每次去医院，我都深深地感受到，医生们的工作实在太忙了。现在得肿瘤的病人越来越多，生了病又都想得到最好的治疗，于是贵医院就成为许多病人的首选医院。尽管这样，我还是希望医生们能抽出一点时间，听听病人的"诉求"，听听家属的"意见"。前段时间医院进行工作检查时，医生召开了病人会议，听取病人的意见，这种做法应该提倡，并坚持下去。医生和病人、病人家属的目标是一致的，都希望病人好起来，但由于病人和家属缺乏相关的专业知识，他们需要医生的帮助。我常常听到医生对家属说"你们不懂"，不让家属过问，也不愿听到家属的建议，我想，正因为不懂，才需要医生的帮助，只有医生与家属密切配合起来，才能真正做好病人的治疗工作。

5. 希望医院创造一个更温馨的治疗环境。最近，病房中增设了一个意见簿，我们都看了，觉得很好。希望能把病房建设得更加温馨些，让病人来到这里有亲切的感觉，在这方面，护士们辛勤工作的作用特别大，他们的态度和工作质量，在这方面尤其重要。一些医院的实践说明，一个温馨的医疗环境也许能产生意想不到的治疗效果。

6. 建议每个科室根据自己的情况编写一份"住院须知"或"病人手册"一类的东西，详细告知病人住院治疗期间和出院后应该注意的一些事情，如化疗后不要用凉水洗涤，不要吃生冷食物；出院后要密切注意血象的变化，低于多少就一定要回医院治疗等。病人住院后，每人发一本，这样既省去医生逐个向病人进行交代的麻烦，也让病人和病人家属心中有数，积极、主动地配合医生进行治疗。

以上意见和建议，如有不妥，望见谅！

北京师范大学认知神经科学与学习国家重点实验室　彭聃龄

2006.7.31

血小板为什么急速下降

最近从朋友那里听说喝"五菜汤"对癌症病人有好处,这是用白萝卜、白萝卜叶、红萝卜、牛蒡、香菇熬制的一种菜汤。在几种原料中,萝卜叶很难买到,前一段时间,为了得到叶子,我只能每天去菜店从白萝卜头上,把一点点叶子揪下来。菜店的工作人员不愿意我们去揪萝卜叶,说没有叶子的萝卜不好卖;多亏菜店的老板,人很好,他在时,我们才能揪一些,但量很少,不够用。后来老板答应帮我们去种萝卜的地里拾一些回来,今天他拉回来三大口袋,我拿了一袋,洗干净,晾干了,可以用一个星期。

8月10日早上接到会文从医院打来的电话。昨晚她没有睡好,同室的新病友说,晚上会文哭了,踢被子、大声喊、甩腿、甩单子……我问她,最近有没有新的精神负担,她说没有。但她在睡觉时的表现,说明在她的潜意识中还有压力和包袱。与前两个疗程相比，这个疗程非常不顺利，先是血小板"奇怪地下降"，接下来又是低烧，感冒症状迟迟没有好转，腿也有点轻微的浮肿。我告诉她要好好锻炼，从潜意识中把这些消极的东西"查"出来，并清除干净。

下午未经会文"同意"就去医院看她了，我知道就算她"不同意"，真去了，她也会很高兴。4点左右，到达住院部的大厅，我才拨通了会文的手机，说要去医院看望她，会文说："这么晚了，不要来了。"我只说了声："没关系。"进入电梯，信号没有了。约1分钟后，我出现在病房中，会文很惊奇地问我："为什么来得这样快？"这时我才告诉她，电话是从楼下打过来的。会文今天没有订晚饭，准备在楼下"凑合"吃一顿，我担心的正是这个问题。这次化疗期间，会文的血小板降到极低，且回升很慢，是否与吃饭"凑合"有关？我和医生一样，也在探索血小板下降的原因。

8月14日和15日，实验室召开2005—2006年度科研工作研讨会，地点在北京怀柔区的宽沟招待所。招待所三面环山，山上山下一片翠绿，昨天下过大雨，空气格外清新，在这样的环境中，大家都觉得很开心。上午的会，实验室主任报告了科技部对我们实验室的检查结果和专家组对实验室的建设意见，D老师根据专家组的意见和建议，谈了实验室的发展方向和目标。接下来，我根据他们的报告讲了自己的几点想法，强调我们实验室是因为有特色才成立的，同样也只有有特色才能持续存在和发展，如果我们放弃了特色，盲目地向别的实验室看齐，后果可能很危险。在下午的会上，大家继续讨论了实验室的发展方向和成果标准问题，由各组汇报本年度的研究工作和下年度的计划。会议一直进行到晚上9点半，会议结束后，D老师派车送我和几位老师回家。到家时，时间已经过了11点，我急忙从冰箱中取出猪蹄，化开冻，准备明天要给会文带的汤菜。

会文的病和实验室的发展一直在同时进行，只是方向相反，实验室蒸蒸日上，而会文的病却变得越来越复杂、难以控制。我一方面要关注实验室的发展，做自己能做的一些事情；另一方面又要投入大量的时间和精力去照顾会文，希望把她从病魔手中抢救回来。每天忙下来，都觉得筋疲力尽。

每次化疗后，我都想方设法帮助会文从饮食和保健上进行调理，希望会文能平平安安渡过化疗关，但效果都不理想。我查阅了不少资料，希望自己的措施尽量科学、合理些，同时我也意识到，许多基于"民间验方"的东西，其实有很大的盲目性。

8月23日一早起来，我开始制作"五菜汤""四红茶"和"糙米茶"，又陪会文外出散步。上午会文从校医院检查回来，又带回来一个不好的消息：血红蛋白降到6.4，血小板下降到1.7万。几天来担心的事情还是发生了。会文进家门时，正赶上女儿的电话，会文没有心思接，由我告知了她新的检查结果。会文说，明天再查一次，如果还这样，只好再去住院了。一次又一次的"打击"，动摇了会文继续化疗的信心，下一步该怎么办？中午给肿瘤医院的 L 医生打电话，医生回答说："这是老毛病了，不要着急和害怕。"

8月24日送会文去医院。在门诊处，会文遇见了 Z 医生，听了会文的简短介绍，她立即对门诊医生说："给她开单子验血，如果有问题，就让她去住院部。"会文现在已经不是 Z 医生的病人了，她还继续关心着会文的治疗，这让我很感动。我原来担心她把不好治的病人推出去，看来这完全是误解。因为住院证上有 Z 医生写的"急"字，住院手续办得非常顺利，11 点就入住了。这次是 12 床，还是便宜的那一种，28 元一天。下午到家后，我去菜店拿回 5 斤白萝卜叶子，洗干净，晾在阳台上，熬五菜汤够喝 20 天。

8月25日上午，LX 医生和 ZK 医生来查房，我们进行了一次谈话。

我："下面还能不能进行化疗？"

LX："不化疗很可惜，化疗又很难。要不先停一下，如果稳定了，就不化疗了；如果不稳定，等身体调理好了，再化疗。"

ZK："要化疗，也得换个方案。"

我："如果不能化疗，还有别的措施吗？比如热疗。"

LX："我们医院有热疗，但热疗只能起促敏作用，不能依靠它治病。"

我："化疗后该如何调理？"

ZK："要吃好，要把吃饭当成吃药一样，要注意补充鸡蛋、牛奶等蛋白质含量高的食物。你老伴儿的血象变化合乎规律，问题出在化疗上，其他原因可以排除。"

医生们的意见很清楚，化疗后血象急速下降，既不是吃了不容易消化的食物，也不是服用其他药物的过敏反应，而是由化疗药物引起的。问题是，为什么这些药物在会文身上会有如此大的副作用？能不能继续进行化疗？看来医生们也感到很棘手了。很无奈，只能走一步看一步。

会文对几种化疗药物都很敏感，这是好的一面；但药物同时对骨髓功能有很大的抑制作用，使化疗几乎难以继续进行下去，这是问题的另一面。 如果会文必须暂时停止化疗，下一步又该如何治疗？这是我关心的一个问题。病人出院后如何调理？是我关心的另一个问题。

前两天 ZK 医生对会文说，一定要好好吃饭，要像重视吃药一样重视吃饭，不好好吃饭，就没有造血的原料。这些话对我的启发很大。这几天，会文的饮食情况有好转，我希望经过一段时间的饮食调理，让她的身体情况慢慢好起来。

在艰难探索中前行

8月29日，会文昨晚又在睡梦中哭了，只是时间短了一些。这种现象在刚知道得病时有过，之后在知道复发时也有过，但很快就都过去了。会文平日爱说梦话，大多数与她在学校的工作有关，如批评学生、与同事讨论工作等。这段时间，在治疗进行得比较顺利时，她的梦话恢复了平日的内容，但在不顺利时，会出现啼哭的现象，说明在她的思想深处或潜意识水平上，还存在对疾病的恐惧。会文练习"健身操"，有一些进展，但这种进展可能还停留在意识水平上，要从潜意识中驱赶对疾病的恐惧，还需要下更大的功夫。会文住在医院，从医疗方面讲，自然有许多好处，但增加了她的心理负担，整天和病人交往，听到的都是不好的消息，病房环境杂乱，也不利于静心。医院是治病的地方，不是养病的地方，病三分靠治、七分靠养，如果血象稳定，我想应该动员她快点回家。

下午3点45分，我按约定的时间到医院和ZK医生又进行了一次时间较长的谈话。

我：如何评估前一阶段的治疗情况？病人很快复发，是否和她得的是低分化腺癌有关？

ZK：第一阶段（复发前）的化疗，病人对药物很敏感，CA125连续五次都正常，当时大家都认为取得了很好的疗效。按一般情况，至少应该相隔半年才会复发，结果只有两个月就复发了，这与"高、低分化"关系不大，"低分化"的肿瘤可能复发，"高分化"的肿瘤也可能复发，至于为什么，不清楚。接受了上次的经验，这次还要继续化疗，停下来很可惜。

我：在治疗方案上，医生们有什么考虑？

ZK：我和L老医生商量过，想继续用原来的两种药，这次可能"分散给药"，也就是说，治疗方案不变，但给药的方式要变。给药的总量不变，但每次的用量减少。

我：化疗后病人的血小板急剧下降，为什么？有什么应对的办法吗？

ZK：化疗后血小板下降这么多，而且很难上升，这在临床上不多见，只能说被你老伴儿赶上了。十年前，许多病人因为化疗后白细胞下降，被迫中止化疗，现在我们已经有了应对白细胞下降的好方法，但如何激活巨核细胞的功能，让血小板上去，现在还没有很好的办法。听说有一种新药今年 9 月可能上市，但不一定能在您老伴儿的这次化疗中派上用场。如何保证第二次给药前血小板恢复正常，对"分散给药"的方案能否成功有重要意义。输血是补充血小板和血红蛋白的一种途径，但我们不会多用，一是怕产生依赖，二是血库的血也很紧张，不能随便用。

我：有没有辅助治疗手段？

ZK：要适当加强辅助治疗，采用什么药，我们正在选择。我们要考虑病人的利益，尽量选择一些能报销的药。这些药物的疗效不像化疗药那样确定，有人用了很好，有人用了效果不显著，只能试着用。

我：还需要注意什么？

ZK：要注意病人的心态。病房的环境有时会增加病人的精神负担，住院的病人很多是问题较多的病人，恢复得好的病人只需在门诊处理就可以了，一般不回病房，因此要注意病人间的相互不良影响。

非常感谢 ZK 医生在百忙中抽时间耐心细致地回答了我关心的一系列问题，这是会文住院以来我们和医生沟通得最好的一次。谈话后，我立即向会文转述了谈话的主要内容，会文也非常感谢 ZK 医生。我们都觉得医生考虑的方案很好，基本上打消了会文不想继续化疗的念头。

8月30日上午，我接通了会文的电话，结合昨天和ZK医生的谈话，我告诉会文，从现在到下周三，这段时间的调理对能否顺利进行第五次化疗非常重要，希望她一定要睡好、吃好、按时吃药、适当运动，进一步调整好心态，争取按照医生的建议进行下一阶段的治疗。周末女儿和儿子都要回来看望妈妈，我想把会文接回家，在温馨的家庭环境中，会文的心态可能会更好些。

在病房里，会文见到了L老医生，问了两个问题：为什么复发那样快？下一步该如何治疗？答复是：对于复发的原因，现在谁也说不清楚，可能与几种情况有关：肿瘤的类型、期数和个人的体质，有些人的体质差，容易复发。对下一步的治疗，答复是：要做完六次化疗，少了不好。

9月2日，女儿和儿子都回来探亲。会文见到孩子们，特别是外孙女，非常高兴，精神比几天前好了不少。午饭我们吃了昨天买回家的烤鸭、新添了一盘兔肉和叉烧肉，又从校内餐厅买了两斤包烤鸭的薄饼，大家吃得很开心。午饭后，我们拍了一张全家的合影，会文戴着帽子，精神显得很好。

第二天下午，全家聚在一起，讨论了会文下阶段的治疗问题。

大家都认为，一定要坚持把化疗做完。儿子提出给妈妈献血，帮助妈妈渡过化疗关，会文不同意，不愿意因为自己的病影响孩子的健康。我倒觉得是个好办法，这样很安全、可靠，不会有排异反应。每人每次抽200毫升血，对年轻人来说算不了什么，但对会文来说可就好多了。

9月5日下午，儿子和女儿去医院探视会文，也约好和ZK医生谈谈，ZK医生又一次耐心地接待了他们，也解释了会文治疗中的一些问题。谈话内容和我们那一次差不多，但治疗方案似乎有些变化，倾向于一次给药，而不是分两次给药，主要担心第一次给药后，血象上不来，会影响第二次给药，如果两次给药的时间相隔太长，第一次给药就等于无效了。看来问题的关键还是血象，好在我们大家有了共识，一定要闯过这一关，把化疗坚持下去。谈话中，孩子们提出要给妈妈献血，帮妈妈顺利通过六次化疗，但ZK医生解释说，肿瘤医院没有接受献血的权利，只能经过血站输血。

9月7日，经过近20天的调理，会文的血象终于上来了，白细胞1.4万，血红蛋白9，血小板13万，CA125为5.1U/mL，B超未发现问题。医生决定明天开始化疗，这一关总算闯过来了。下午和儿子一起去医院看望会文，和几个月前相比，会文显得苍老了许多，皮肤变黑了，两只手布满了皱纹，眼窝也陷进去许多，头皮上保留的一点头发，疏疏朗朗的，变得很硬，压都压不平，看到会文这个模样，我心里很难受。

9月8日会文开始复发后的第五次化疗。上午ZK医生来查房，对会文说："你瘦了，眼窝也陷下去了。"但会文的体重基本没有变化，可能是化疗药物的副作用，使会文看上去憔悴了许多。今天没有给会文煲汤，而是带去了兔肉、南瓜、红萝卜稀饭，不知她是否喜欢。

9月9日，会文的第五次化疗已经做完。下午和儿子一起去医院，带去了今天中午熬的野菜兔肉粥。在11号病床上那位病友，50多岁了，刚刚做过术后的第三次化疗，我们进去的时候，病人正在呕吐，显得很难受，由于手术前胸腔有积水，她术前做了八次化疗。好在血象比较正常，没有影响化疗的进程。病人的情况真是千差万别！

9月16日上午，女儿带着外孙女回美国了，晚上10点儿子也要回新加坡。晚饭后，儿子整理好行装，我怀着沉重的心情送走他，回到家中。后面的问题只能由我一人来面对。

9月21日晚，睡觉前会文蹲在地上洗东西，腿没有劲儿，人往后躺，摔在地上，水也洒了一地。我正在房间里烫脚，听到会文在另一间屋摔倒的声音，吓了一大跳，脚也顾不上擦干，就急忙跑了过去，把她扶了起来，好在摔得不厉害，但看着她那无力的样子，我心里很不好受。

9月29日上午，医院来电话通知会文住院，我们很高兴，从时间上计算，今天住院完全可以赶在国庆节前完成第六次化疗。下午2点，我们到达医院，住到了38号床，这是每晚86元的床位，下午4点ZK医生来了，通知明天化疗。会文和我建议再做一次血象检查，ZK同意了，我赶快陪会文到楼下的化验室，检查结果不错：白细胞6700，血红蛋白9.1，血小板11.9万。三项指标都符合要求，明天终于可以化疗了！

今天我们没有带晚饭，决定外出找饭吃。我们从华威南路往东走，再从十字路口往北，这里有几家餐馆，我们走进一家湖南菜馆，点了三个菜：湘味酱肉、鲜野菇和烧白菜，会文胃口不错，她特别爱吃湘味酱肉，我们一共花了48元。吃饭出来，我扶着会文慢慢走回医院，凉风习习，非常舒服，就像在外地度假时两人相伴而行回到住所一样。

10月3日，中秋节快到了，为了感谢一年来妇科三的医护人员对会文的治疗和护理，按照会文的嘱咐，今天一早我提了三盒月饼去医院，送给ZK医生和护士站的护士们，同时也给楼下菜店的老板送了一盒月饼。会文同室的病友昨天已经出院，病房里只有她一人，我中午躺在椅子上休息，没有睡着，会文也没有睡着，整个中午都在看书。

新的打击

2006年10月,我们在《科学通报》上发表了一篇论文,题目是"一个基于情绪调节的词汇阅读模型"。文章总结了三年来我们在语言认知神经机制方面的研究成果,并结合国际研究的趋势,提出了在阅读中除对词汇形、音、义加工的交互作用外,还要重视情绪、注意的调节作用,也就是在加工网络以外,要增加调节网络。国内的心理学家缺少理论探索,我多么希望这个模型能够得到认可并推广,但就在我们为建模勤奋工作的时候,我的家里却出现了问题,而且前途很不确定,我还有没有精力为这个模型继续努力啊!

10月25日至27日,由北师大认知神经科学与学习国家重点实验室发起召开了国内"第一届认知神经科学国际会议"。国际著名认知神经科学家、1981年诺贝尔奖得主休伯尔教授应邀出席了这个会议,同时出席会议的还有来自美国、英国、日本、加拿大和中国台湾、中国香港地区的许多著名学者。在出席会议的学者中,有我的几位朋友,如本届会议的外方主席、美国科学院院士德斯穆尼教授,英国皇家学会会员、英国剑桥大学马斯伦-威尔逊教授和他的夫人泰勒教授,美国著名阅读心理学家肯·普弗教授,匹兹堡大学布鲁斯教授,来自中国台湾的曾志朗教授和香港中文大学的陈烜之教授等。朋友见面,自然有一番问候,他们中有人知道会文得病的消息,问候中更多了几分关心。我应邀在大会上做了一个报告,介绍了我们几年来在语言认知神经机制方面进行的研究和取得的成果,我希望借这个大会把我们的成果推向国际社会,建立更多更好的国际合作关系,向更高水平的研究成果进军。这个愿望一直得到会文的支持,即使在她病重时,也不愿耽误我的时间、影响我的工作。但是,自从去年7月会文得病后,种种折磨和经历已经使我疲惫不堪,进与退的矛盾显得更加突出。在和这些朋友聊天的时候,我已经没有勇气再和他们讨论科研合作的问题了。这次的会议开得很成功,但在我心中却留下了"告别"的阴影。

11月13日,会文提议今天去双秀公园。她的情绪很好,一路走一路聊天,一点儿也不觉得累。我们在游园会上收获颇丰,买了一件坎肩、一件毛衣和两条毛裤,离开公园时,已经过了12点,我们在公园西侧的饭店吃了炸酱面,饭店为了保持"老北京"的习俗,所有店小二的嗓门儿都很大，动作也特别快，让人觉得他们特别忙碌。

11月16日我住进S医院眼科，做白内障手术。我在医院住了6天，手术很顺利，但由于右眼高度近视，出现了黄斑变性，手术后看东西总是弯弯曲曲的，自然也无法进行阅读。其间，会文到医院病房看望我，还给我带去了水果。我说："你自己身体不好，怎么还来医院?"她微微一笑："来了，不是也很好嘛。"我们坐在病人会客室，聊了近一小时，我担心她太累，就让XM陪她打车回家了。手术后角膜出现水肿，会文每天为我滴眼药水四次，从不间断；还陪我在校园内散步，帮我适应各种环境。前一段时间，是我照顾会文，这几天又是会文照顾我了。近来会文的身体状况不错，晚上做梦出现了笑声，白天有时也自发地哼着一些小曲子。

12月30日收到美国朋友斯腾和卡罗琳发来的新年贺信和贺卡，贺卡上有他们自己制作的一张合影，是今年9月在土耳其旅游时拍摄的，虽然都年近八旬，但看上去都很健康，真让人羡慕！同一天收到一位学生的贺卡，10朵玫瑰，非常漂亮。我转给斯腾夫妇一张，并送去遥远的祝愿，斯腾和卡罗琳是我在美国最要好的朋友，也是我们家在美国最要好的一个家庭，他们来过中国，会文陪他们游览过长城、十三陵、颐和园、香山，一起去商店购物，在餐馆吃点心，在街边吃烤红薯，还请他们来家里吃饭，每次回忆起他们，会文都非常愉快。

经过两个月相对平静的日子，1月16日上午，我陪会文去医院做B超，顺便看了11日血液生化全项和CA125的检查结果。B超的结果和前几次没有区别，除脂肪肝外，别的都没有问题；但CA125却从12月5日的10.2U/mL上升到了193.8U/mL。去年5月出现过的"复发"问题，今天再次出现，离最近的一次化疗结束（10月1日）不到三个半月，最近一个多月，我整天担心的就是"复发"问题。

经过一年多患病和治病的"历练"，会文已经比开始得病时坚强了许多，对意外情况的承受能力也提高了许多，即使这样，听到今天的结果，她的心情还是受到了很大的影响。上午我帮她到特需门诊挂了妇科W医生的专家号，希望听听她的建议。在候诊室里，会文说了许多"消极"话："我不想化疗了""花了那么多钱，也没有效果，不治了""一年多来，大家都对得起我，就是治不好，我谁也不怨"。12点左右，见到W医生，她听了我们的介绍，建议会文近期做一次CT检查，看有没有发现病灶，如果没有，可以先服用一些药，看能不能控制；如果发现了病灶，就要考虑化疗或手术治疗。

1月17日上午9点，我参加了实验室"第二届学术委员会会议"，实验室一年来发展很快，用一位委员的话说，前途未可限量。但想到自己的家庭和一年多来经历的种种事情，我的压力实在太大。会文从得病到现在已经一年半，其间经历了三次大的冲击，一次是前年7~9月，突如其来的检查结果，让我们全家陷入恐慌之中，经过10月份的手术，病情得到控制，我们的心情放松了许多，治病的信心大增。没想到去年5月，停止第一阶段化疗仅仅两个多月，会文的病就复发了，这对会文和我都是一次很沉重的打击，我们做了那么多的努力，难道都白费了？去年6月开始了第二阶段的化疗，第一个疗程后，CA125下降了许多，第二个疗程后，CA125恢复正常，尽管治疗中血象有时到了非常差的程度，但在医生的努力下，会文凭借坚强的毅力把六个疗程都坚持了下来，CA125也连续下降。但是，"平静的日子"刚刚过了三个月，又出现了"复发"，对我们来说又是一次冲击和打击！按照医生的说法，如果经过第一阶段治疗，没有出现复发，还可以说临床治愈；如果出现了复发，治愈的可能性就基本没有了。面对第三次打击，下一步该怎样治疗呢？

女儿和儿子都打算春节前回家，会文担心家里的温度高，被子不合适，搞不好容易生病，提出要去买被面，给孩子们回家时用。这次我没有阻拦，高高兴兴地同意陪她出去。会文爱逛商店，趁此可以散散心，转移一下这两天的紧张心情。另外，下周一出来CT检查结果后，可能又要进入下一个更艰巨的治疗阶段，能出去走走也好。

1月23日上午,我去S医院看眼科。回家时,看到会文趴在床上,正在一针一线缝制被子,女儿和儿子春节要回家,她正在为儿女回家做准备。我说:"不要累着了。"她笑着说:"没关系,我今天感觉很好。"

如何应对新的"复发"

复发了,如何应对?1月24日,我陪会文到肿瘤医院拿CT检查结果,并挂了妇科主任W医生的门诊,之前请教过她,她对病人的态度很好。我们问她,要不要做PET,她说没有必要,CA125上来了,做了也是阳性,花那么多钱不如吃中药;她建议会文去看中医,要吃草药,不要吃成药,成药没有用。

会文听医生说,不用做PET,不用吃西药,吃中药就可以,当即很高兴;而我听了医生的意见,感觉非常不好。会文在肿瘤医院治病已经一年多,医生突然建议她去看中医,作为西医,这样说让人觉得意外。今天我的心情很不好,看什么都不顺心,为一些小事发过几次火。会文批评我,我知道这样不好,检讨过好几次。

第二天早上6点,我给女儿写信,讲了自己的种种担心。我在信上说:"要想尽一切办法帮助妈妈进行治疗,即使是'姑息治疗',

我们也应该采取积极的态度。"

晚饭前我读到报纸上的一篇文章，是一位医生对肿瘤问题的看法，他从人类进化的角度讲到肿瘤是进化过程中人类要付出的代价，70岁以前得肿瘤是病理性的，70岁以后得肿瘤是生理性的，用不着谈癌色变。他不主张对70岁以上的肿瘤患者进行手术和化疗，把这种治疗比喻为警察抓小偷，治标不治本，为了推迟肿瘤的发生，应该提高自身的免疫力。会文很认同和欣赏这些看法。

晚上8点多，女儿给家里来电话，说到同学M的意见，最好让会文做PET检查，会文在隔壁房间做练习，我担心会文听到我们的谈话，给她带来思想负担，便把房门关上了，并建议女儿明天白天再来电话，我们先商量出一个确定的意见，再告诉会文，免得让她知道了，打扰她的平静。没想到说话时会文正好从房间出来，听到了我和女儿的对话。会文推门进来问："儿子来电话了？为什么没说几句就挂了？"我说："还是讨论PET的事，好不容易刚平静下来，不想听了。"会文还想继续问，我不知为什么又发急了，随口说了句："我关上门不想让你听，你又来听了。""我不是成心想听你的电话，是偶然听到的。"会文回答。说完那些话，我特别后悔。最近心情不好，爱发急，心中难以排解会文病情复发的愁闷。下一步该怎么做？我心中没有底。

面对肿瘤的复发，会文希望得到进一步的治疗，但又不愿意继续化疗，不愿意再做手术，希望自己有一个较好的生活质量。有没有这样一种治疗方案，在肿瘤快速复发后，能继续进行治疗呢？我们只好向肿瘤医院的医生请教，向周围的朋友咨询。我们发现大家的意见非常不一致，我们咨询过的医生基本上会向我们推荐他们自己专长的方法，**我们不敢轻易做出决定，但在"无路可走"的情况下，又不得不做出某个决定。**

1月26日晚，我给肿瘤医院的妇科主任W医生写信，问了一些问题。其中我最关心也最难做决定的问题有：下一步该如何治疗？还有没有方法可以让病人得到可靠、有效的治疗？对以前发现的肝区6段的问题能否采取局部治疗的方法？如果下面要继续化疗，可能的三线用药①是什么？是否还可以继续用一、二线用过的某种药？三线用药价格昂贵，不能报销，如果不考虑经济负担这个因素，可能的选择有什么？

几天后，收到W医生的回复：（1）要让病人有一段缓冲时间，否则容易"治疗过度"，不利于治疗，也不利于生活质量。（2）肝区6段的问题不能确定，不一定就是转移灶。（3）一、二线治疗药不一定

---

① 三线用药是指在一线和二线用药均无效或不适用的情况下，作为最后选择的药物。

都不能用,要看情况确定,三线药也有不那么贵的,不要太担心治疗问题。(4)不鼓励做 PET 检查,主要是担心做了没有意义,浪费钱。

1月27日上午女儿来电话,问到 PET 检查,会文明确表示,自己对战胜癌症充满信心,但希望能保持较好的生活质量,不愿继续化疗,也不愿再做手术。

今年春节孩子们都回家,会文希望这个节日全家能团聚在一起,在家里过,不在医院过,要过一个"团圆的春节""健康的春节""喜庆的春节",把节日过得热闹些。我们决定尊重她的选择,先观察一段时间,等到春节之后,再决定下一步的治疗方案。

儿女回家过春节

2月13日,天气晴朗,阳光明媚,气温较高,正好适合外出。我陪会文去副食店采购春节的食品,接着又去超市采购了节日用品,如彩球、窗花等。儿女都回家过春节,大家希望今年春节的节日气氛浓一些。

2月15日下午4点多,女儿一家回到北京,来家里看望我们。外孙女比五个月前长高了一些,话很多,好像什么都懂,看上去很可爱,见面时,就能认出姥爷、姥姥和舅舅。她爱在纸上画画,先画一个圆,然后在上面"涂鸦",问她画的是什么,她说是人,问她哪是人的鼻子,她指出一个地方,问她哪是小嘉的鼻子,她用手指着自己的鼻子说,在这里,问她哪是小嘉的右脚,她抬起自己的右脚,问哪是左脚,她抬起自己的左脚,真的很有长进。会文一整天都显得很高兴,午饭时,我照了几张照片,其中会文的几张特别好,眼睛睁得很大，很有神。

2月17日是除夕，在儿女的帮助下，家里有了节日的气氛。窗户上贴了窗花，几扇门上都贴上了"福"字，前天买的12只小红灯笼，也都分别挂在了室内不同的地方，因会文患病带来的抑郁空气被"扫除"干净了。中午我准备了几个菜，有清炖母鸡、兔肉、红烧鳜鱼等，全家吃了一顿团圆饭。还买了两斤水饺，准备晚上看完"春晚"吃。儿子在家，我跟他一起"守岁"，至12点40分。新年钟声响过后，儿子送给我一条红腰带，按习俗农历新年要佩戴红腰带以驱邪消灾，我很高兴孩子想到了这一点，马上换上红腰带，向他表达了谢意，并祝愿他在新的一年中万事如意，更希望好运会降临在会文身上，让她的身体尽快好起来。

大年初一的上午，我接到很多问候的电话。上午10点学生G和M来家里看望，紧接着女儿、女婿和外孙女也来了，外孙女进来时看到家里有生人，有点儿不好意思，赶紧跑到我的身边，让我抱着她。中午全家一起去吃午饭，饭后，会文和我们一起步行回家，精神很好。女儿今天住在我们这边，晚饭吃饺子、喝鸡汤，儿子从新加坡带回来一台老式幻灯机，晚上他给我们播放了他在马来西亚旅游时拍摄的照片。会文睡觉后，我给两个孩子介绍了会文治疗中的一些情况，他们都觉得这次回家，妈妈的身体看上去还不错，我们决定 2 月 23 日拿到各项复查结果后,再和会文一起讨论下一步的治疗问题。

初二中午,L 老师来电话,向会文问好。她是会文的病友,她们在肿瘤医院的病房里认识的。她听起来很乐观,身体恢复得很不错,她的经验是:不要想自己有病,不给自己增加任何压力。她没有吃中药,只吃一些保健品,她说:"关键是要自己救自己。"晚上 8 点,会文建议出去走走,我和儿子都愿意一起外出,大年初二,外面的节日气氛还很浓烈,鞭炮声不绝于耳,和周围相比,校园内显得安静一些,路上行人很少,往来的车辆也较少。

2 月 20 日晚饭后全家坐在一起聊天,最关心的问题是两个孩子的前程和个人生活。儿子已经决定要回国发展,而且选择了"技术应用"领域,想去公司工作。女儿虽然已经在斯坦福大学做博士后,但对自己的现状似乎并不满意。她谈到有的朋友由基础转向临床,在美国东部地区从事一份不错的工作,儿子建议她也去公司,待遇好,压力相对小一些。原本以为两个孩子都研究生毕业,个人的发展都不错,没想到他们现在都面临"重新选择"的问题,今后的道路如何走,又成了一个困惑的问题。

2 月 21 日,昨晚想到两个孩子面临的选择,我没有睡好,今天很早就醒了过来。上午 9 点多,我的姐姐和她的女儿、女婿来家里看望我们。和往常一样，姐姐带来了许多保健资料、旅游景点的照片，还给外孙女留下一个红包。外甥女送给孩子一套衣服，上衣是一件红色小棉袄，裤子是黑色的棉裤。中午全家9口人一起去饭店吃饭，由会文做东，每次外出吃饭，会文都喜欢做东，因为这能显示出她是家庭的主妇，我也愿意看到她主持家庭的样子。东北菜的盘子大、分量足，我们点了9个热菜、1个凉菜拼盘，大家吃不了，剩下许多，共花了302元，都觉得很实惠。

2月22日上午女婿的爸爸、妈妈来家里看望会文和我，接着，侄子S一家来看望。会文喝开胃汤和牛筋汤已经10多天了，这是从网上查到的一种食疗方法，效果还不错，但我一直担心喝肉汤和开胃汤会提高血液的酸性水平，因此在牛筋汤中加入了白萝卜和胡萝卜。明天就要去医院看CA125的检查结果，我心里总有些惴惴不安，会文的病情能稳定吗？如果没有稳定，下面该怎么办？上网查看了一下肿瘤医院的介入治疗科，不知能不能采用介入治疗。今天是初五，儿子从街上买回来一大包鞭炮，包括一挂2000响的炮仗，晚上9点，我们在楼外东侧的空地上放鞭炮，最好看的是"百花争艳"，很漂亮，连围观的两位老太太都走过来夸我们的礼花漂亮。会文高兴地说："炮仗声中除旧岁，风和日丽迎新春。"难得会文有这样的好心情。

2月23日,我和女儿一起去肿瘤医院看会文的检查结果。血液生化检查的结果比上次有进步,特别是甘油三酯和胆固醇水平进步很大,都正常了,低密度脂蛋白也正常了;但CA125又升高了一些(316U/mL),数值比一个月前高了100多,这个结果虽然不理想,但我并不觉得可怕。我当即用手机打电话把结果告诉了会文,她很高兴,连连说:"我不怕,我不把它当作一回事儿。"10点多,会文的弟弟、弟媳、他们的女儿和女婿来家里拜年。下午女儿去找B医院的M医生咨询,M医生的意见是:反复复发是卵巢癌的特点,要积极治疗,最有效的手段还是化疗,卵巢癌的特点是癌细胞到处都是,因而不适合采用介入疗法,用腹腔镜也看不到细小的癌细胞。下午4点,儿子和我们一起去散步,在京师广场照了一些照片,然后我们去照相馆买了一本相册。

2月24日吃早饭时,又和儿子谈起回新加坡后的打算,我讲了几个想法,都是自己的体会:(1)现在面临人生的一次新的选择,也是第二次职业选择,这对自己未来的发展甚至对自己一生的发展都有重要意义。如果说第一次职业选择可能有一些盲目性,第二次选择就一定要认真、理智些。(2)要有自己的生活目标,当目标确定后,就要为实现目标付出艰巨的努力和劳动,要只争朝夕、创造条件,争取一切可能性去实现自己的目标。(3)要用十年左右的时间积累自己的专业知识,使自己成为某个领域的"专家"。过去说"十年寒窗,一举成名",现代认知科学也认为,一个人由新手变成专家,至少需要十年时间积累知识。(4)商店要有自己的特点才能存在和发展,人也要有自己的特点和特长,才能独立地生存、高质量地生存,没有特点就只能庸庸碌碌地度过一生。(5)人的生活应该丰富多彩些,但要分清主次,不要主次不分,让次要的东西冲击了主要的目标。

今晚儿子要回新加坡,我们决定一起出去吃晚饭。饭后回到家,儿子紧赶着收拾行李,10点半才收拾完毕。大家坐下来,又谈起儿子回去后的打算。晚上11点20分,我和女儿送儿子打车去机场。会文没有送出去,累了一天,也该歇息了。

选择新的治疗方案

3月16日,XM陪会文去肿瘤医院检查CA125和血液生化全项,回来后告诉我,血液黏稠,不好抽。会文不想继续化疗,态度已经很清楚,但不化疗能控制肿瘤的发展吗?谁有这种把握和信心?

4月11日,我陪会文去肿瘤医院,看了妇科和介入科,妇科建议做介入化疗,介入科也觉得可以。介入治疗是一种局部给药的方法。

4月12日,一位朋友告诉我,介入放疗是将一种放疗药物注射到肿瘤上,相对于介入化疗,这种技术国内引进得比较晚,因而对它的疗效所知较少。接着我给F医院的一位医生去电话,她认为,做介入化疗比介入放疗好,太新的东西没有把握。

为了搞清楚"介入化疗"和"介入放疗"的特点,我们通过学生L认识了放射科的一位医生。在电话中,他告诉我:(1)在介入治疗前,应该先做PET检查,越早越好。(2)应该停止全身化疗。(3)可以先做介入化疗,再做"适形放疗"。(4)介入治疗时应该采用"超选导管"通过肝动脉给药,把药直接打到肿瘤部位,手术后7～10天要检查是否"栓塞"住,栓住了效果才好。(5)手术后需平卧24小时,可能会觉得疲倦,肝区有些胀痛。(6)介入化疗对血象的影响不大,护理上没有特别的要求。

4月16日上午,会文接到肿瘤医院的通知,让下午去住院,午饭后,我们急忙打车去肿瘤医院。介入科的病房在门诊部的7层,会文被安排在27床,这里的住院条件比住院部差得多,病房内没有单独的卫生间,地面也显得不干净;窗子上原本的两扇纱窗,一扇没有了,另一扇也坏了,没法关上;病床上没有栏杆,不能坐在床上吃饭。收拾好东西后,XM回家了,我留了下来,等到4点钟,还不见医生来查房,我到护士站找到了住院医生Y医生,向他介绍了情况,他开了明天要检查的一些单子,主要有血常规、血液生化全项、CA125、X片和心电图。他提出还要做一个CT检查或MRI检查,我说刚刚做了PET-CT①,为什么还要做CT或MRI,他说要避免"假阳性",一种手段的检查结果要用另一种手段来验证;我说,

---

① PET-CT将PET与CT融为一体,由PET提供病灶详尽的功能与代谢等分子信息,而CT提供病灶的精确解剖定位。

考虑到介入治疗后可能要多次进行疗效对照,建议做 MRI,不做 CT,CT 辐射较多,做多了对身体不好,MRI 没有这个问题,Y 医生同意了。5 点半,我陪会文到医院外的餐厅吃晚饭,太阳下山了,天气凉爽起来,我们找到一家东北餐厅,看上去比较干净,进去点了一盘肉饼、一碗大碴儿粥和一盘干豆腐,晚饭后我们顺着街道往回走,6 点多了,街上人不多,显得很安静,我们慢慢地走着,享受着周围的宁静和凉爽的空气。

为了配合医生的治疗,我整理了会文的病情,详细介绍了会文发病和治疗的过程,用过哪些化疗药,几次复发的时间,化疗的副作用等,准备交给医生,供他们参考。

4 月 18 日,介入化疗手术的前一天,我起了个大早,赶到医院去办理各种手续。回到病房,我把昨天整理的"病情介绍"给了 Y 医生。会文在《治疗知情书》上签了名。知情书是 L 医生签发的,由 Y 医生送到病房。知情书上说明了介入治疗的特点、可能的副作用和要使用的化疗药,化疗药除之前用过的外,还有些药是英文缩写,我们看不懂,问了医生才知道。我问 Y 医生:"是否存在栓不住的问题?"他回答:"不会。"我问:"如果没有栓住,能不能提前知道?"他说:"不能,只能等到下次治疗时才知道。"我问:"如果没有栓住,碘化油会不会跑到身体的其他地方去,会不会栓住其他血管?"他回答："不会。"Y医生是我们见过的肿瘤医院的医生中另一位比较有耐心的医生，他回答了我提出的各种问题，这些回答让我很放心。

从手术室出来时，会文的情况正常，不像有的病人出门时就难受得呕吐。看到这种情况，我真为她高兴。

术后第二天是星期六，会文让我在家里休息。中午女儿来电话，我说，妈妈住到介入病房后，一次都没有见过L医生，手术时也是"闻其声不见其人"。现在回想起来，妇科的Z医生在我们经历过的这些医生中，特别是肿瘤医院主任级的医生中，真是最好的一位，她为人比较粗放，说话不考虑对方能否接受，但责任心很强，每天无论怎样忙，都要来病房看看病人，星期六、星期天也不例外。不像这里的医生，根本不和自己的病人见面，更不和病人谈话、做病人的工作、征求病人和家属的意见。

4月23日我一大早去医院接会文出院，一路畅通，不到20分钟就到了。会文正提着暖瓶要去打开水，在病房的楼道里碰到我，她说今天觉得有些累。我接过暖瓶说："不要担心，几天没有好好吃饭，觉得累是很自然的。"上午见到Y医生，我问了几个问题，主要有："介入化疗后要注意什么？"他回答："没有特别要注意的，关心一下血象变化就可以。""有什么办法能知道'栓塞'是否成功？"他回答："一个月后来医院检查就知道了。"

第四编 在无奈中前行

病人要自己积极主动选择医生、选择如何治疗，只靠医生是不够的。

热爱自然，珍惜生命

好的心态在癌症治疗中有重要作用。有些癌症患者凭借着"精神力量"，"不怕"病、"不想"病，放下得病的包袱，尽量过着健康人的生活，该吃就吃，该玩就玩，最后居然战胜疾病，成了"抗癌英雄"。受到这些病人的启发，我决定在会文身体条件允许的情况下，陪她外出走走。因为要化疗，不能长时间离开北京，我只好选择市内的公园作为我们"旅游"的场所。会文非常珍惜我们的每一次外出游玩。看到她在绿荫树下、花草丛中、荷花池畔开朗的笑容，我多么希望奇迹出现，让她能重新健康起来，她的生命之旅能继续走下去。

5月4日上午10点，会文提出想去双秀公园走走，我高兴地答应了。我们走得很慢，很顺利就到了那里。公园里的月季花还没有开放，而牡丹已经快凋谢了。我们穿过公园中心的花圃，从东侧来到公园的西侧。和往常一样，公园里聚集着很多人，有的唱歌，有的跳舞,有的下棋,有的玩空竹,小小的池塘边有一些儿童在用网子捞鱼虫。会文走不动了,找了一个座位,我陪她坐下来。这几天天气很好,阳光明媚,气温适中,是外出活动的好季节。会文说口渴了,我去附近的小卖部买了一瓶饮料,她喝了一口,嫌凉,只好算了。我忘了带温水瓶,真不应该。记得十多年前,我因工作劳累,心脏不好,出现过室性早搏。住院治疗后,医生建议我要自己调养。当时会文已临近退休,便每天陪我到双秀公园散步、做操。她学过回春操,觉得很好,便教我做回春操,每天教几节。由于散步和做操,我很快恢复了健康,这套操也一直坚持做到现在。

5月5日早上6点20分,会文起床后觉得精神不错,希望我陪她出去走走。我们穿过小红楼,沿着生命科学院南边的小路,走到体育馆,然后到达正在建造"学生活动中心"的工地,再转向操场的东侧,经过磁共振中心小楼,回到丽泽路。我们走得很慢,整个行程用了40分钟,从计步器上看,约3200步。这是这次介入化疗后,会文走得最远的一次。我的旅游鞋坏了,会文要陪我去买鞋,我提出想去超市,会文同意了。下午3点半,会文和我一起打车去,几分钟就到了。我们在那里采购了一大堆东西,这是节日期间的一次外出购物活动。

5月中下旬,我忙着研究生的论文答辩,实在顾不上治疗方案的选择。5月23日上午，我陪会文去Q医院，接诊的还是P医生。他给会文号脉后说，脉象不错啊；看了看舌苔，说舌苔也很好；还说转移瘤治疗起来比较容易。会文听了这些话很高兴。

5月24日，我陪会文一起去H医院做B超。医生查得很仔细，一边检查一边告诉我们结果，他说："介入化疗是有效的，肝上的肿瘤比原来小了，只有2cm左右，与周围肝组织的界线已经不那么清楚了，但是由于化疗药物的副作用，肝脏受到了损伤，就像得过肝炎一样，没有正常人的肝脏那么平整，其他地方没有发现问题。"

5月25日上午拿到肿瘤医院的MRI检查结果，肝上的肿块已经由原来的2cm×3cm缩小到1.2cm×1.8cm。会文高兴地说："缩小了快一半。"我说："如果按体积计算，可能缩小了2/3。"但"栓塞"没有成功，也就是说，药物没有栓住肿瘤的血管，而流向了身体的其他部位。

拿到结果后，我们立即去肿瘤医院挂了介入科L医生的门诊，医生看了结果也很高兴，对我们格外热情。"你是我们这里病情最轻的一位病人了。"他说。会文今天的心情也很好，她介绍说："老伴儿对我很好，他是北师大的老师，现在还没有退休。"医生说："你生病了，老伴儿年纪也大了，你们应该让孩子多跑跑。"会文说："两个孩子现在都在国外，我们已经决定让一个孩子回来。""我们想听听医生的意见，下面该如何治疗？"我问。医生回答："可以考虑再做一次介入，到时候我们会通知你们的。"看来，医生看到了治疗的希望，他们和病人一样，也很高兴。中午我们在学校餐厅吃饭，要了三个菜、两块红薯、两碗饭，会文吃得很好。昨天的 B 超检查结果和今天的 MRI 检查结果，都增加了会文与疾病斗争的信心。

5 月 27 日是星期日，上午 9 点我和会文去紫竹院公园玩。我们从西南门进去，走到湖边，很久没有逛公园了，看到湖水与绿树相映的景色，几天来紧张和烦闷的心情很快就变得轻松和快乐了。我们穿过湖的西南侧的小路，走到湖西，在湖边的一块石头上坐下来。1998 年女儿出国学习前，会文和我曾带女儿来过这里，就坐在这块石头上，她和女儿谈起了"心里话"。小坐片刻后，我们又转到昆玉河的西侧，看了"香妃竹"等多处景点，然后顺大路绕湖走到东侧。中午我们在园内的餐厅吃了午饭，这是近两年会文走路最多的一次游园活动了。12 点半回到家里，中午睡了一个好觉。

5 月 30 日早上，我陪会文步行到京师广场，走了两圈，来回约 4000 步，会文的身体有很大恢复，散步的速度也比较快。上午读学生的博士论文开题报告；下午参加学生 Z 的论文答辩；晚饭后陪会文去校医院打针，接着又去广场走了一趟。早晚加在一起，今天走了 7000 多步。看到会文的体力有所恢复，我打心眼儿里高兴。

5月31日早上,我继续陪会文去校园南广场散步,计步器上显示来回3700步。会文一直没有收到医院继续做介入治疗的通知,有点着急。上一次的治疗时间是4月19日,到现在已经过去40天,为什么还没有收到第二次治疗的通知?我们催了几次,医院没有答复,不知医院是怎样考虑的。

6月2日是星期六,天气阴转多云,气温约30℃。我们决定上午去颐和园,9点半出发,打车不到半小时就到了。双休日,不少"有车族"会开车去郊区休假,城里或近郊的公园反而不那么拥挤。颐和园正在装修,进门处的大殿和侧殿都用塑料布包了起来,有点煞风景。我们先按习惯往南走,在昆明湖边的椅子上坐了一会儿,照了一张相。会文建议去谐趣园,我们就又往北来到谐趣园,谐趣园里今天有很多游客,不少是外宾。大家坐在走廊上休息,欣赏园内的景色和游客"表演"的歌声。我们走到一个亭子里,有一个6~7人的合唱小组正在那里练唱,其中一位五十开外的男子,声音宽厚、洪亮,唱得非常投入,也很好听,有点专业歌手的水平;还有一位拉二胡,是合唱小组的"音乐师";另外还有几位女士,唱得也十二分起劲。我和会文干脆也坐下来欣赏,遇到会唱的歌也自然地跟着唱起来,会文好奇地走过去和那位男歌手聊了聊,才知道他是园内的一位售货员,因为有几位朋友是职业歌手,跟着在一起唱也就喜欢上了。和校内的紧张生活相比，这里就像是另外一个世界，没有紧张，没有压力，没有焦虑。唱歌不仅能使身心真正放松下来，还能锻炼肺活量，促进血液循环，对身体大有好处。从谐趣园出来，我们沿着后山的小路往西走，这里路很平，用不着爬山。12 点半来到苏州河，会文还想继续往西走，我担心她走得太多，累着了，便建议从北宫门出来。我们 1 点 10 分回到学校，在东北饭馆吃了午饭，2 点回到家里休息。

6 月 4 日早上，外出散步时，在东边的马路上见到原政教系的 Z 老师。他低声告诉我们，老伴儿最近去世了，患的是白血病，最厉害的一种，在医院住了快一年。最近我们接二连三地听到这种不好的消息：一位同事的爸爸，患了白血病，从发现到去世只有几个月的时间；另一位同事的叔叔得了直肠癌，今年 5 月初在加拿大见到他，身体很消瘦，5 月底传来噩耗，已经去世了。好在会文已经经过了"锻炼"，没有受到这些消息的消极影响。

上午 9 点，收到肿瘤医院住院部的住院通知，下午陪会文去医院，还是介入病房的 27 号床，上次住过的那张床。同病房的一位病友是大学老师，家住石景山区，去年发现得了肝癌，已经做了八次介入，问她为什么还要继续做，她回答得很干脆："有必要，也有可能。"她没有动过手术，希望通过局部化疗解决问题，现在指标正常了，但病灶还没有消失。

又开始"四处求医"

6月7日,在第一次介入化疗后的第49天,会文做了第二次介入治疗,结果和第一次一样,效果不理想。

6月17日是父亲节,上午收到女儿的来信:"亲爱的爸爸,两年来,您无微不至地照顾着妈妈,您辛苦了!您为我们树立了如何对人、爱人的榜样,我为有您这样的父亲骄傲!父亲节快乐!"随信还有一组动画,内容是:"您是儿女心中的大山,伟岸、坚忍;您是儿女眼中的大树,祥和、宁静。感谢有您爱的守护,伴我信步人生之旅。亲爱的父亲,愿健康和快乐永远伴随着您。父亲节快乐!"

6月23日是星期六,我提议去月坛玩,会文高兴地答应了。月坛面积不大,但进行了修整,面貌焕然一新,进门后,前院的变化不大,后院是新开放的,种了许多花草树木,新修了许多亭子,都是用"月"字命名的,园内中间有一个水池,有点像颐和园的谐趣园,水池的水清澈见底，一群群红色金鱼在水中游来游去。我们坐在回廊上，看着在这里嬉戏的儿童。11点过后，我们又在院内绕了半周，出门后，在附近吃了午饭，便回家了。

6月25日接到儿子的电话，为了照顾妈妈，他决定回国工作。我支持他的选择，并鼓励他："对自己要有信心，一些看起来很难的事，只要下决心去做，是能够做好的。机不可失，时不再来，要把握时机，为自己争取更好的发展机遇和条件。"

6月30日上午我提议去海淀公园玩，到达时天开始下雨，听路人说，公园正在修缮，许多地方不让进去，没有意思。我们决定改去玉渊潭公园，半路上，雨下大了，我建议回家，会文不愿意，我们在玉渊潭公园前停下来，等雨小了一点，才打着伞进去。入园后，雨继续下个不停，我们只好沿着湖的北侧，往北门走，出北门后，雨越下越大，走了四五百米，才到达大马路边。雨大了，出租车很难叫到，好不容易才等到一辆，马路上的积水很深，我们从水里蹚过去，衣服和鞋子都湿透了。我真后悔不该在这样的天气带会文出来玩，要是着了凉，怎么办？12点左右回到家中，会文的情况还好，没有感冒。

7月1日，星期日，是个大晴天，空气特别清新，我建议再外出玩玩，补上昨天的遗憾，会文高兴地答应了，我们决定去莲花池公园，据说最近那里正在举办"莲花展"。我们从东门进去，里面是一个广场，正在进行生活用品展销会，经过这个广场往北走，就到了一个很大的荷花池，"莲花池"可能就因它得名，池塘边有一排走廊，许多游人坐在走廊上休息。今天阳光很强，但有阵阵微风吹过，感觉很舒服。在池塘边摄影的人很多，大家各自选择自己最满意的花朵，我和会文都喜欢荷花，因为她"亭亭玉立""出淤泥而不染，濯清涟而不妖"，美丽而又有骨气，我们在荷花池边照了许多照片，有一朵荷花的神韵特别好，我拍了下来。12点20分，我们到达公园的西门，照了几张照片，会文今天的精神很好，兴致很高，她穿着一件紫色的上衣，打着一把花伞，一路上有说有笑，红光满面，除头发花白外，完全不像生病，更不像重病压身的样子。

7月2日早上，我赶到肿瘤医院拿到了会文的核磁检查结果：肝肿块较前略缩小。从核磁室出来后，我找到了介入科的L医生，告诉他："病人的瘤块小了一点，但CA125上升到505U/mL，下一步怎么办?"医生回答："瘤块小了就好，可以停一段时间，继续观察，再决定后面应该怎样做。"对CA125的上升，他似乎不大关心。

两次介入治疗都没有取得预期的效果，第一次栓塞得不够好，第二次完全没有栓塞。在治疗期间，CA125有所下降，但并不意味着栓塞的疗效，在事实面前，医生也只好建议我们"选择另外的治疗方法",让我再一次看到了"医学的困惑"和"医生的无奈"。下面该如何治疗？形势所迫，我们只好开始新一轮的四处求医，开始新一轮的选择和探索。

在朋友的协助下，7月3日下午，我们走访了R医院的C医生，这是一位和善、耐心、口碑很好的医生，他听完病情介绍，当即表示这种情况最好做"伽马刀"，效果会很好，他们没有伽马刀，建议会文去P医院，那边的技术最好。我们随即又去了P医院，拜访了医院放射科X主任和他负责的研究团队的部分医生，X主任热情地接待了我们，介绍病情之后，X主任非常肯定地说："病灶小用伽马刀最好。有些肿瘤用手术切除不好，如鼻咽癌和胰腺癌，用伽马刀就很有效。介入要从肝动脉进药，而转移瘤不靠肝动脉供血，因此转移瘤不适合做介入。治疗肿瘤不能光靠手术切除，现在有了新的放疗技术，能够'有一个歼灭一个'了。"他还介绍了X刀与伽马刀的区别，"伽马刀是通过一个弧形的面，把伽马射线从一个方向聚焦到肿瘤上，能量很集中；而X刀是从多个方向把X射线射向肿瘤，因而只有70%的能量到达肿瘤。"

听了P医院医生的介绍，我们又想到了肿瘤医院放射科的X医生，她给我们介绍过X刀，人也很热情。7月4日上午，我陪会文回到肿瘤医院放射科，挂了X医生的号，这是我们第二次见面了。X

医生认出了我和会文，说："我上次就让你们不要做介入，你们不信。这个地方(肝)他们栓不住，而我们正好可以用X刀对它进行放疗。"我问："用X刀能否治疗转移的小肿瘤？"她回答："当然没有问题，介入的弱项，正是我们的强项，他们解决不了的问题常常送到我们这里来解决。"她还表示，"X刀没有什么痛苦，只要静静地待半小时就行。你的瘤子小，我争取用3次给你搞定。"我问："X刀与伽马刀有什么不同？"她没有正面回答，只是说："我不说我们的技术一定比别人好，但绝不比别人差。如果你愿意采用X刀，可以安排9月份来住院。"上次见面，会文就觉得X医生对病人的态度很好，对自己的技术也很有信心，想用X刀进行治疗，但听说手术要安排在9月份，觉得等的时间太长，担心贻误病情，对选择这个方案又犹豫了。

7月13日下午我陪会文到了肿瘤医院，挂了妇科号。在介绍了最近的治疗情况和咨询情况后，医生问："为什么不用手术切除？那样比较彻底。"会文没有回答，问医生："还有别的方法吗？比如X刀或伽马刀？"医生回答："可能不彻底，如果你们愿意，可以试试。""如果采用X刀，在等待治疗期间，有没有药物可以控制肿瘤的发展？"她说："没有用。"我们问："如果等到9月初做X刀，肿瘤会不会发展得很快？"她说："不会。"最后，医生建议会文下周去腹外科看门诊。

一周后，7月20日，我们又拜访了Y医院放疗科的G主任，G主任对会文说："如果你愿意动手术，这个地方动手术不难，但我估计你不愿意做，这样的话用射频或者伽马刀都可以。"我问："首选是什么？"他说："射频是首选，其次是伽马刀，还可以考虑高强度聚焦超声刀，据说它比射频更加安全。"

从7月3日以来，我们花了20天左右的时间，前后走访了多家医院，请教了各方面的肿瘤治疗专家，希望得到他们的帮助，还上网查询和对比了各种治疗技术的优劣。我们遇到了很多非常热情的医生，他们向病人和病人家属耐心推荐了自己熟悉的治疗技术，详细解释了治疗的原理，并让我们确信只要采用了某种技术，病人的病情就可能得到控制。但是，每一次的访问和上网查询，又给我们带来了矛盾和困惑：会文开始想选择X刀，但医生近期无法安排手术，要等一个多月之后才能住院。后来想用伽马刀，但很快就有医学界的朋友告诉我们，X刀和伽马刀的效果都还不十分确定，对于一些较小的肿瘤，X刀的定位并不很准确，网上也充斥着对伽马刀的不信任和批评意见。对于用手术切除转移的肿瘤，我们也听到了医学界朋友的一些不同的声音，由于病人(指会文)肝上的肿块很小，又是转移瘤，手术切除不一定是最好的选择，手术的创伤面较大，病人恢复会比较慢，等等。

在肿瘤治疗技术方面，我们都是"门外汉"，让我们自己做出选择和判断，的确太难。**我曾经渴望有一位热心的医生能客观地告诉我，该怎么做，不该怎么做，但这只是"可望不可求"。在这段日子里，我很苦恼、很无奈，无所适从，找子女和学生商量，他们的意见也不同，最后还要由我做出决定，我担心自己选择错误，造成不可挽回的损失。**

7月21日，我和会文决定去游圆明园。9点到达南门，门外摆放着许多荷花，公园正在举办第12届荷花节，我们从南门的西小门进去，与几年前相比，园内整修一新。我们先来到东侧湖边的一个船坞，坐下来看湖里的游船，接着继续往北，在路旁的一块巨石上坐了一会儿，见到有人在路边出售新鲜的荷叶，会文买了3大片，既当遮阳伞又当扇子，闻起来还有一阵阵清香，会文说，回家后晒干了可以泡茶或包粉蒸肉。再往前来到了园东的荷花塘，这里几年前还是一大片芦苇坑，现在种植着荷花，成了一个接一个的荷花塘。听说今年园内有三株并蒂莲，游人都争着去看、拍照，真是难逢的机会，可惜都离路边较远，会文走不动，只好算了。看完荷花展，我们往西走到福海，今天游人大多集中在荷花塘欣赏荷花，福海这边人很少，显得特别安静，我们在路边找了一把椅子坐下来，眺望着眼前的福海，尽情享受着"海风"的轻抚。多么希望这样的"相伴"能永远持续下去！

一线希望

经过近 20 天的访问、咨询，我们都倾向采用射频技术，继续为会文治病。但是，去哪家医院更好？我们去几家医院做过咨询和调查，最后决定去 E 医院。

7 月 22 日上午，一位毕业不久的学生来家里看望师母，她现在是某军医大学的老师。在部队受训时，她认识了 E 医院肝胆科的一位中年医生 Z，她把会文的病情跟 Z 医生说了，Z 医生同意我们带着检查结果去 E 医院找他，愿意帮我们出些主意。

我们在 E 医院的肝胆 3 病区见到了 Z 医生，他看了会文最近一次的核磁检查结果，看得很仔细。他说："肝上的问题动手术最方便，也可以用射频，由于肿瘤的位置偏下、偏外，做射频要考虑对肠子可能的影响，做不好会出现肠漏，因此最好在腹腔镜下进行射频，这样比较安全。"接着他又去找科主任 J 医生商量，J 医生过来看了会文上次手术的伤口，也觉得做腹腔镜下的射频比较好。问价格，回答4万~5万元，住院时间约5天。E医院外观很漂亮，但由于是综合医院，来自全国各地的各种病人很多，到处都人满为患，显得很乱，肝胆3病区在老楼，楼道很狭窄，光线也不好，许多医生挤在一间面积不大的办公室内，真不像一个全国一流的三级甲等医院。

7月30日上午，会文收到E医院住院部的通知，让下午2点前带东西去医院住院。我们到达医院时不到2点，先在住院部领到一个号，接着等着他们叫号，办理手续，秩序比肿瘤医院好得多。离开医院时，正好见到了护士长，姓D，会文过去和她聊了几句，觉得她很热情。

7月31日上午，我在家里整理出一份会文病情和治疗情况的介绍材料，准备带给E医院的医生。最近每次看病，医生都问是单发还是多发，这让我想起4月份PET的检查结果和一年多前在F医院的检查结果。如果PET查出的问题和F医院查出的问题不一样，可能意味着肝上的问题前后不一样；如果前后看到的问题是同一个问题，那说明肿瘤的发展不快，过了快两年，肿瘤的变化不大。这些情况应该让做射频手术的医生有所了解。

8月1日下午去E医院，2点45分见到J医生，他说："我们看了近期的检查结果，问题已经很清楚，为了避免肿瘤转移，就不做穿刺了，我们决定在腹腔镜下进行射频，这样看得清楚，手术时，我们让肝脏翘起一点，离开肾脏和肠子，这样可以更加安全。"我问："在插入射频针时，需要用 B 超引导吗？"回答："这是医生的技术问题。"我提到 2005 年 8 月 16 日在 F 医院的 MRI 检查和今年 4 月在肿瘤医院的 PET 检查，希望他们注意一下肝区下段的问题是不是同一个问题，他好像没有完全理解我的意思，只是说："PET 的检查常常出现假阳性，不像核磁那样准确。"5 点多，L 医生从手术室出来，拿着一张表格让我签字，同时向我解释了射频可能的副作用，主要是担心射频伤了周围的器官，引起出血。医生说："如果出现这种情况，可能就要开刀直接切除了。"接着，我又提到 F 医院检查的事，希望他转告 J 医生，L 医生答应了。6 点半左右，手术中负责麻醉的 M 医生在楼道里叫住我和会文，让我在麻醉书上签字。

8 月 2 日上午 7 点刚过，我赶到 E 医院。7 点 50 分医生开始给会文插胃管，为手术做准备，8 点会文被推入手术室，9 点 J 医生走进手术室。11 点 J 医生从手术室出来，见到我就说："手术非常好，你放心。"我说："谢谢您了。"手术前，会文住在 4 号病房，是临时加的床位，两头都有空调，会文怕着凉，曾经向护士长反映，希望手术后换一个地方，护士长笑着说："你不要操心，我们会安排的。"10 点左右，我回了一趟 4 号病房，发现会文的床位在我们离开后已经由护士换到了1号病房的1号床,从这些细节能看出,这里的护理工作很细致。肝胆外科的护士很多,有绿领、白领和红领三种,红领是实习生,绿领是实习护士,白领是本院的护士,她们见到会文时,有的叫奶奶,有的叫阿姨,很亲切。打点滴时,会不时来看看;问每种药是干什么的,回答得也比较仔细。

医生查房后,护士长又领着护士来病房检查,特别叮嘱说:"1号(指会文)今天做了手术,明天只能吃流食。"送饭时,她们通常是从5号病房开始,由里到外,今天早上当餐车推到1号病房时,大米粥只剩下稠的部分了,我去打饭时,小姑娘说:"没有稀的了,我给你另外去打一碗。"我把碗交给她,几分钟后,她送过来一碗稀稀的米汤。吃午饭时,她改从1号病房开始送饭,而且优先把一碗米汤打给我,我对会文说:"这个小姑娘脑子真好,能记住每位病人的饮食要求,已经很不容易了,还能细心服务到这种程度,真的了不起。"

8月4日上午8点,医生来查房。9点左右,一位工作人员带会文去CT室检查。11点拿到结果,我拿着片子去找Z医生,他看过结果后说:"很好,烧得很彻底。一个月后做一次加强CT,如果这个地方没有发现血液供用,就说明肿瘤完全枯死了。"我问:"还要不要同时做一次CA125检查?"他说:"不必要,没有用。"我接着说:

"你们星期六还上班呀,有双休日吗?"他说:"没有,我们查房也比别的医院多,一天到晚很紧张。"

8月5日,早上6点50分我去E医院,星期日路上很通畅,只花了40分钟就到了。会文正在吃早饭,一切都很正常。昨晚会文让我帮忙起草了"致肝胆外科医护工作者的感谢信",下面是最终信的全文。

肝胆外科全体医护人员,你们好!

经过朋友的介绍,7月30日,我怀着希望和信心来到E医院肝胆外科进行射频治疗,短短五六天,得到了你们的精心治疗和护理,取得了不错的疗效。我从心里想说一句话:谢谢你们了!

我们早就听说,E医院肝胆外科是H院士开创和领导的一个在国内医学界享有盛名的科室,百闻不如一见,这次短短的接触的确给我们留下了很好、很深的印象。

几天来,我们亲眼看到和亲身领略了医生们的勤奋、敬业、关心病人和对病人负责的精神。每天医生和护士有多次查房,几乎是全体出动,仔细了解病人的病情和查看病人的检查结果。医生们工作很辛苦,有些手术常常做到晚上七八点钟,耽误了用餐,就由工作人员把盒饭送到手术室。8月2日上午J医生给我做了射频治疗,晚上快10点了,还来病房查房看我,让我很感动。周末到了,医生们还继续工作,我们问过Z医生:"你们没有休息吗?"他笑了笑点头回答:"是的,我们经常这样。"在手术前后,J医生、L医生和Z医生给我们详细地介绍了治疗方案,回答了我们关心的许多问题,使我们心中有底。J医生的手术很成功,手术后,又把对病人的各种"支持"点点滴滴送进病人的血管,使我的身体较快得到康复。

肝胆外科有一支很好的护理人员队伍,她们尊重病人,关心病人,热心护理病人。我和老伴儿在楼道散步,常常碰到她们,她们总是笑着对我说:"奶奶,走路小心点儿""阿姨,有事儿就找我们",让我感到有人时时在关心着我。手术前,我住在4号病房,是临时加的床位,床的两头都有空调,我担心手术后着凉,就向护士长反映,希望术后换一个地方,护士长笑着说:"你放心,手术后我不会让你在这里,我会安排好的。"手术结束后,我果然来到了1号病房的1号病床,是护士们帮我搬过来的。打点滴时,护士们都会告诉我用了什么药,起什么作用,让我心里踏实。

还有那位送饭的不知姓名的小姑娘,她不但知道我什么时候做了手术,告诉我应该吃什么,而且尽量把适合我吃的饭菜送到我的手上,她态度和蔼,让我感到很亲切。老伴儿对我说:"这个小姑娘脑子真好,能记住每位病人的饮食要求,已经很不容易了,还能细心服务到这种程度,真的了不起。"

总之，这几天我心情舒畅，身体也就恢复得快，这是你们的功劳。让我再次衷心地说一声：谢谢你们了！

单会文

8月6日，我接会文回家，这次她显得比哪一次都轻松，如果从此以后，会文的病情就稳定下来，那该是多么好的一件事！今天会文的精神状态不错，从医院出来时，竟情不自禁地说："我好了，可以回家了。"下午会文给同事H老师和F老师打电话，告知了自己这次的治疗经历。晚饭想吃面条，我们便慢慢走到北门外的东北餐厅，要了一碗西红柿鸡蛋面、一碗炒饭和一份炒娃娃菜，吃得很香。

8月10日早上陪会文到广场散步，会文做了回春操，精神状态很好，在广场见到心理学院的两位老师，他们都夸会文的状态不错。儿子快回来了，会文忙着收拾床铺、衣柜和书桌，我也忙着整理桌子上的东西，房子的空间太小了，儿子回来后，东西放在哪里还真是一个大问题。

希望她住进新居

2004年我们用多年的积蓄加上贷款，买了一套新居，因为当时儿女都在国外工作，没有装修。2004年女儿有了第一个孩子，希望妈妈帮忙照顾，会文去美国住了半年，回来后觉得身体不适，忙着看病，更没有时间收拾房子。有了新居后，我一直希望能按照会文的意愿来装修房屋，能够让她体验一下"房屋宽敞"的滋味，因此就在会文的病情稍稍稳定的时候，我和儿子决定抓紧时间装修房子，争取能让会文住进去。

8月21日，晚饭后我陪会文去京师广场散步，路上我看了看她的舌苔，比原来好了许多，之前她舌苔有些暗黄，现在颜色明亮、有光泽了。我说："你现在的舌苔很好，比射频治疗前更好。"她听了很高兴地说："我已经好了，没有病了，已经健康了。"看到她高兴，我也开心地笑了，但在希望"奇迹"出现的同时，心里总还担心某些意外的结果。

8月26日，昨晚下了一场秋雨，把近一周来的闷热一扫而光，气温从32～33℃下降到26～27℃，感觉舒服多了。会文在家里看排球比赛，她喜欢看排球，对中国女排的命运很关心，能叫出每位队员的姓名，说出她们的特长，前天中国女排打败了意大利队，已经让人振奋，昨天又以3∶0打败俄罗斯队，更让人始料不及，俄罗斯队教练在赛前声称要给中国队"上一课"，结果败得很惨，再次证实了"骄兵必败"的道理。

8月29日上午我和会文去她小妹妹和她弟弟家，见到了会文的弟弟、妹妹和妹夫。会文的弟弟还住在他们的老家，家里分成前后院，前院出租给别人，后院留给自己住。正房四间，由一条走廊相连，是三室一厅的结构；东厢房两间，是女儿未来结婚用的新房；西厢房两间，是厨房和卫生间。虽然地处远郊区，但住得宽敞、舒适。这里是会文出生的地方，几年不回去，已经不认识了。因为城市扩建、房屋拆迁，会文的小妹妹分到了两套新居，一套自己住，另一套留给了儿子，住房也很宽敞，比城里好很多。会文今天很高兴，一来见到了弟妹们，二来见到了北京市郊区的巨大变化。

家里的"安居工程"今天正式启动，两个月后，我们就可以看到落成的新居，会文就可以搬进去了。

9月1日上午，会文邀请了几位朋友来家里打牌，大家见面都很高兴。这期间，H老师两次住院，F老师也生病了，但病情稳定，J老师是4人中身体最好的，现在仍很精神。生活中就是有许许多多的坎坷，过了一个坎儿，前面可能会有一段平坦的道路。

9月3日是开学的第一天，也是儿子去新单位上班的第一天。早上大家都起得很早，XM陪会文去医院复查，儿子动身时，我嘱咐了几句话："要有一个好的开始；要有自己的目标，知道自己的追求是什么；不要满足于技术层面的工作，要多看点儿文献，形成自己的研究思路，做一点有意义的事情。"

9月4日，这几天总有一种不好的预感，H老师来家里聚会，给会文带来了一口袋"梨"；前两天，邻居W老师送给会文几个"梨"；昨天XM又送给会文一袋"梨"，我看了心里都不舒服。记得小时候，母亲对我说过，父亲去世那年，他们分吃了一个"梨"，这是不祥的预兆。虽然有点迷信，但之后我一直避免和家里人分吃"梨"。最近朋友多次来家里送"梨"，是否也预示着不吉祥的事情可能要发生？

9月8日早上，按惯例我陪会文去学校南广场散步。今天是新生报到的第一天，广场上人很多，许多学生是由爸爸、妈妈护送来学校的。一路上，我们又谈起治病问题，治疗肿瘤要依靠病人的毅力和决心，要敢于和疾病做斗争，不少病人做了多种治疗，开过多次刀，最后才战胜癌症，把生命从死神那里夺回来。会文说："对肿瘤要'兵来将挡，水来土掩'，出现一个问题解决一个问题。"我说："这就对了，要坚持治疗，绝不轻言放弃。要战胜疾病，首先要战胜自己，你应该这样，我也应该这样。"今天我的心情比昨天好了一些，也许就是"战胜自己"的结果。

上午会文要和我们一起去装修公司看装修方案，我同意了。在装修公司，会文讲了自己的装修意见，她希望有一间像样的主卧，特别希望给我装配一间像样的书房。随后，我们在1层大厅的几家家具店看了看家具，会文兴致很高，我也没有阻拦，到家时已经是下午3点。

5点钟和E医院的Z医生通电话，知道了上次治疗的结果，8月2日的射频手术杀死了肿瘤，但出现了新的病灶。Z医生认为，新的病灶属于前几次检查中漏报的，一个月前在进行射频治疗时，至少应该有1cm了，由于病灶周围血管很丰富，不能进行射频，而高强度聚焦超声的定位不准确，能量也不够，因此他建议再去看妇科，先做化疗，再结合伽马刀或X刀进行治疗。会文病情的发展使治疗变得更加复杂了。

9月9日，上午我和儿子一起去装修公司讨论设计方案的修改。会文希望住进新居，对装修非常关心和支持，我也希望按照会文的要求完成装修，让会文住进新的房子。明天会文就要去医院看病，新的治疗阶段开始了。治疗需要钱，装修也需要钱，但只要会文能够健健康康的，花多少钱我们都愿意。

9月10日，今天是第23个教师节，从昨天开始就陆续收到学生的贺电和短信。按照E医院Z医生的嘱咐，我们又回到肿瘤医院妇科，XM凌晨4点去肿瘤医院妇科挂号，还是Z医生，我和会文7点到达。

我问："要不要继续化疗？"

她只说："化疗已经做得很多了。"

问："是否可以采用高强度聚焦超声？"

回答："没有用。"

问："下一步应该如何治？"

回答："可以烧烧（放疗）。"

会文接着说："星期五我想去特需门诊找她（指放疗的医生）。"

回答："也可以找其他专家看病，不了解，看看病历就了解了。"

下午女儿来电话，我把医生的态度告诉她，女儿觉得"医生是在推脱"，我也有这种感觉，让我很担心。儿子劝我一定要冷静，不要一看到检查结果不好就着急，我想这是对的，两年来，我这个毛病犯过多次了。

转移了,有什么办法!

为了和医生比较深入地交换意见,9月14日下午,我独自一人去肿瘤医院妇科找Z医生,Z医生看了最近一次的核磁检查结果后说:"还有什么好分析的,转移了。病人开始时的治疗效果多么好,但许多人比她稳定,有什么办法!"

我问:"现在的问题是老问题还是新问题?两年前就怀疑肝上有问题,CA125下不来,是否和肝上的问题有关系?去年在医院检查,腹膜后方发现有淋巴结,1cm左右,现在只是大了一些。"

Z医生回答:"大了就是转移了。腹膜后有淋巴结,不大可以不考虑,大了就要考虑是肿瘤。"

我问:"您看下一步该怎样治疗?能否再化疗?"

Z医生使劲翻阅着厚厚的病历本,然后说:"她做的化疗很多了,每次都因血象不好要减药量。"

我问:"还有没有办法进行治疗?"

Z医生回答:"可以试试放疗。"

我问:"是烧烧吗?"

Z医生回答:"不是,是烤烤。"

我问:"放疗的副作用可能比较大,能采用 X 刀或其他方法治疗吗?"

Z医生回答:"X 刀不行,伽马刀也不行。这些方法适合于单个肿瘤,如肝上的肿瘤、脑瘤,你老伴儿是多发淋巴结肿大,用'刀'不行。"

我问:"用调强适形放疗行吗?"

Z医生回答:"这倒可以,但不能报销。"

我说:"先不考虑报销。请您告诉我,用什么方法可能有效?"

Z医生回答:"说实话,我也不知道。作为医生,我只能这样说。我不能跟病人说,但我必须跟病人家属说清楚。"

我说:"照您这样说,只做局部治疗,不做全身治疗,会不会是头痛医头、脚痛医脚?"

Z医生回答:"那有什么办法,你们要接受这个事实,与其把病人治得生活质量很差、身体情况很差,不如让病人生活得好一些。"

我问:"有没有更好的办法?作为家属,总要想办法治疗啊!"

Z医生回答:"不知道有什么好方法。医生都不知道,你琢磨也没用。"

我说："您负责很多病人，可能没有时间充分考虑每一个病人的问题；我作为病人的家属，不能不考虑。最后还有一个问题，这几次检查，只检查了腹腔，没有检查盆腔，要不要再检查一下盆腔？"

Z医生看了看近几次的检查，确认只检查了腹腔后说："可以做一个B超，但有意义吗？做出来没有问题当然好，如果有问题，还是解决不了。"

谈话到这里已经无法再继续进行下去，我只好从诊室退了出来。回家的路上，我心情非常郁闷，再一次感受到在癌症面前真的无可奈何。

9月25日，今天是中秋节，会文一早由XM陪着去肿瘤医院检查CA125，家里完全没有节日的气氛。早饭后我让儿子看了最近的日记。我们都希望出现治疗中的奇迹，但奇迹能否出现，谁也没有把握。

10月8日上午我陪会文去B医院，挂了H医生的号，这已经是第四次去她那里看病了。之前咨询过的M医生建议，下一步可以先对腹腔进行手术，然后做化疗，我们希望H医生也同意这个方案。但是在认真看过我准备的"病情简介"后，H医生认为，治疗到现在，他们也无计可施了：既不能手术，也不能继续化疗。H医生还说，如果只是肝脏的问题，可以动手术，现在已经失去治疗的时机，腹膜后淋巴结的问题，既不能手术，化疗也可能没有作用。我们问，如果不做射频，是否不会出现腹膜后淋巴结的问题，她回答，这说不清楚。我提出能不能转到 B 医院在她那里继续治疗，也被她明确"拒绝"了，理由是，她们自己的病人已经很多，治疗条件也不比肿瘤医院好。今天医生不仅没有像前几次那样，鼓励病人积极进行治疗，反而用异常平静的语言和态度，向会文宣告"已有的治疗无效，下一步的治疗已经没有意义了"。几天前，肿瘤医院的 Z 医生已经表明了同样的态度，但 Z 医生说，这些话她只能跟家属说，不能跟病人说。没想到，H 医生今天竟在病人面前无情地宣布了这个结论！中午会文建议去外面吃饭，我同意了。会文说："以后不顾虑那么多了，想吃什么就吃什么，想开了，活一天就要好好过一天。"

10 月 23 日早上，收到会文的好友 H 老师的来信，是一首七言打油诗，全文如下：

> 惊闻会文疑转移，五内俱焚好着急。
>
> 着急岂能补于事？积极面对才是理。
>
> 会文斗魔两年多，乐观顽强实可喜。
>
> 再斗两年又何妨！攻克顽疾皆欢喜。

上午去校医院访问了儿科 L 医生，她的母亲两年前得了肺癌，是低分化腺癌，因为肿瘤生长的部位不好，没有手术，也没有化疗，只用了一种口服药，现在病情很稳定。我问："服用这种药有什么副作用？"她回答："对肝脏不好，在服用期间要同时保肝，另外还会引起腹泻和皮疹，皮疹很厉害，时好时犯，据说有皮疹的效果才好，没有皮疹的效果反而不好。"由于这种药是肺癌的靶向药，她妈妈在服用半年后可以享受免费用药五年，这种优惠只适用于肺癌，其他肿瘤没有这种优惠。L 建议会文先服用两三个月，如果有效，可以继续服用；如果无效，就不要继续用这种药。

10 月 25 日上午打电话给肿瘤医院特需门诊，预约了明天下午 Z 医生的号，但会文坚持不想吃 L 推荐的药，主要理由是"太费钱"，不能因为自己的病把老伴儿和儿女的钱都花光了。她趁我不在家的时候，把预约号取消了。上午女儿来电话，再次劝说会文要吃药，不要舍不得花钱。晚饭后外出散步，经过我再次劝说，会文好像答应了，同意我明天去医院拿药。晚上收到好友 H 的另一封来信，还是一首七言打油诗。

> 不靠神仙和皇帝，就靠自己救自己。
>
> 此话说得何其好，会文一定要牢记。
>
> 科学合理增营养，提高身体抵抗力。
>
> 配合医生综合治，相信定能创奇迹！

11月11日上午10点，我和儿子陪会文去马甸公园。除双秀公园外，这是离家最近的一个公园，公园从南到北，属于街边公园。今天天气很好，有点凉，但空气清新，让人觉得很舒服。我们从公园的北门进入，慢慢往南走，从位于三环边上的南门出来，会文今天的精神不错，走这么远，并不觉得累。

11月28日上午会文由XM陪着去肿瘤医院做核磁、CA125、血液生化全项和血常规检查。血常规检查的结果不错，白细胞6600，血红蛋白12.3，血小板15.2万，都在正常范围内，说明最近的身体状况不错。

12月3日早饭后，我去肿瘤医院拿到了会文上周的检查结果，与我的期望相反，诊断书上清楚地写着：病情明显进展。肝脏多发结节，数量增多，变大，大者3cm×3.2cm×2.7cm；腹膜后多发淋巴结肿大，较之前增大，最大层面4.2cm×2.9cm。肿瘤标记物的检查结果更让我吓了一跳：CA125上升到9736U/mL！在这一瞬间，我真有点茫然不知所措了，我不相信这是事实，但又必须接受这个事实。我拨通了儿子的手机，用近乎颤抖的声音把这些结果告诉了他："儿子，妈妈的结果拿到了，结果不好，CA125上升到9000U/mL以上，肿瘤也长大了，我们用的各种方法都没有效果，怎么办？我真不知道下一步该如何是好啊！"儿子没有说什么，可能不知道该说什么。我对儿子说:"我担心妈妈受不了这个打击,不愿意再接受治疗了。"等情绪平静了一点,我才打电话给会文:"结果出来了,还是没有控制住。"会文好像有些思想准备,平静地说:"CA125是多少?三四千了吧!""还不止。""五六千了?"我说:"差不多。"我不忍心说出真实的数字,尽管我知道无法隐瞒这个数字。在回家的路上,我又拨通了会文的好朋友H的电话,把这个不好的消息告诉了她。回到家时,会文见到我就说:"这回真的要和你们分别了。"我说:"不要这么说,还要想办法。""不治了,治也没有用。""要好好总结经验教训,为什么用了这么多方法,一点儿效果也没有。"中午会文没有睡好午觉,我也只是眯了一会儿。

12月5日一大早,我一人打车去了肿瘤医院,直奔5层特需门诊部。按照妇科的建议,先挂了外科的号,医生只写了两句话:第一,对病人家属进行了解释;第二,病人的情况不适宜进行手术治疗。从外科出来,我又挂了放疗科的号。我从护士那里要了会文的病历,然后抱着这本又厚又重的病历,急忙走到3层放疗科。医生翻了检查的结果,看着片子对我说:"这是肝脏,你看白色的点都是转移的肿瘤,左边和右边都有,1、2、3……这一部分就有11个,这种情况已经没有治疗价值了。"我问:"腹膜后淋巴结节还能放疗吗?""您认为还有意义吗?这是病情的发展,卵巢癌就是这样,很容易转移,睡觉时翻身,癌细胞都有可能脱落下来,降落到别的地方。

我想劝您一句，不要再折腾了，这只能是折腾人，对治病不会有什么好处。不要轻信那些药，许多药是骗钱的。可以吃一点中药，不要让病人觉得没有治疗希望了。说得不好听一点，现在病人的治疗已经到了'临终前'关怀治疗。要找一个医院，在必要时安排一些对症治疗。"

从医院出来，我的心情坏到了极点，在某些疾病面前，人真的是"无能为力"了吗？我突然觉得，肿瘤医院对我们似乎已经没有什么意义了，会文的挂号证似乎也没有使用价值了。我想给儿子打电话，发现手机没电，只好作罢。回家后，会文问我去医院有什么收获，我淡淡地说："没有什么收获，医生说你是妇科病人，应该回妇科找那里的医生。"中午女儿来电话，也问到医生的态度。我说了一点儿，会文在旁边听了不耐烦地说："不要这个那个的，不治了。"

在万般无奈的情况下，我们想到了去 Q 医院"治疗"，正像肿瘤医院的那位医生说的，这是一种"临终前"的关怀治疗，吃一点中药，让病人觉得还有治疗的希望。

12 月 6 日下午 4 点，我在办公室接待了一位博士生考生，又和自己的几位学生讨论了课题研究进展，安排了下面的工作。我和他们谈了自己的心情：我现在就像坐在火山口上。当火山没有爆发时，周围还是那么平静；不知什么时候，火山突然爆发了，一切都可能改变。

第五编 守护与怀念

对生命的珍惜、对儿女的留恋和对亲人的不舍，让她仍不肯轻易向病魔低头。一段时间内，我陷入了"悲痛"和"后悔"这两种负性情感的交织与折磨中，一想到治疗过程中的种种"失误"，我就追悔莫及，无法摆脱"究竟错在哪里"这个最揪心的问题。

关怀治疗

今年春节女儿要带着外孙女回家探亲,会文想给他们买两套被单和床单,考虑到她近来身体虚弱,我不敢再让她独自一人外出,决定陪她一起去。在商场地下室,我们找到了几种适合做床单和被单的花布。刚走了一会儿,会文就觉得很累,我们只好找椅子坐下来休息。会文对售货员说:"这些床单和被单是替在国外工作的儿女选购的,他们过几天要回来。我得了重病,这次还能自己来选布,不知道以后还有没有机会。"还对我说:"没想到,刚走这么几步就觉得很累,都快支撑不住了,这可能与病情的发展有关系。"我说:"你为什么不早点告诉我,不行,就不要勉强啊,累了,就回去吧!"

12月13日,我看到一则消息,拜耳公司生产的多吉美(甲苯磺酸索拉非尼片)已经被FDA(食品药品监督管理局)批准为治疗肝癌的药物,适用于不能手术切除的肝细胞癌或肝癌患者。我赶紧转发给女儿。从网上进一步看到,该药品也有骨髓抑制作用,价钱也很贵。第二天女儿来电话,她已经预订了医生建议的一种抑制肿瘤血管生成的药物,12月26日托朋友带回国内。问题是如何联合用药,谁来指导用药和什么时间用药等。

12月18日,吃早饭时会文对我说,最近腹部有些痛,体力也不如以前,药吃得很多,胃口受到影响,吃饭不如原来香。

12月20日,下午4点我陪会文外出散步,走到教七楼,会文觉得累,不愿意继续走,我们只好原路返回。上楼时,会文说今天特别累,可能与病情的发展有关。我听了心情很沉重,但无计可施,不知如何帮助她!

12月23日下午,会文的二妹妹来看望会文,送来1万元钱和一些养生保健资料。他们在包裹上写道:谨以此书送给我们最关心的亲人——大姐;在包钱的红纸上写着:请您收下这颗赤诚的心。会文的妹妹靠种菜、卖菜维持生活,妹夫身体不好,早就退休在家,收入很少,他们省下钱来支持会文治病。会文很高兴也很感激地说:"还是亲姐妹亲啊!"

12月26日,我送会文去Q医院住院治疗。午饭前住院医生L医生来病房询问情况,我把"病情简介"交给了他,并向他介绍了会文的病情,L医生笑着说:"你的材料写得真好,到底是搞研究的。"

在这里，医生没有拒绝治疗，而是安慰病人先住下来，不要着急，等他们商量好治疗方案后，再开始治疗。8号病房的一位病友是从某肿瘤医院转过来的，她得的是乳腺癌，在肿瘤医院做了手术，后来转移到淋巴，决定到Q医院进行化疗，和肿瘤医院相比，她觉得Q医院医生的态度要好很多。

12月27日晚上10点，我接到一位朋友的电话，女儿托他把药带回来了，让儿子去机场取。11点多，儿子回来了，取回了这包"救命药"，药是用一个小的泡沫塑料盒装着的，4盒共600毫克，可以用一个月，盒子里有几个冰袋，降温用的，打开时，冰还没有化掉，我们赶紧把药拿出来放进冰箱。

12月28日上午会文来电话，她从医生那里已经知道了CA125的检查结果，18000U/mL，在过去的一个月中，CA125又上升了一倍。做B超的医生问会文，是否做过胆囊切除手术或是否得过胆结石，原因是做B超时，找不到胆囊。我在电话中告诉会文，不要去问自己的检查结果，只要吃好、睡好、吃好药就行了，过分关心自己的病情对治疗没有好处，会文同意了。最近会文常常觉得肝区疼痛，腹腔有些发胀，食欲也明显下降。

今天是2008年1月1日，又是一个在不安和焦虑中度过的元旦。会文住进了Q医院，这是我们现在唯一可能的选择，可能因为病情比较复杂，6天过去了，医院的治疗方案还迟迟没有出来，医院节假日都休息，医生放假，治疗停止，这就更让人着急了。我担心会文病情恶化，根本没有心思过节，对病人和病人家属来说，如果治疗不受节假日的影响，那该多好！

1月4日，昨晚我又没有睡好，想到会文的治疗方案，不知道会怎样，从会文得病以来，每次重大的决定都没有得到预期的好效果，我不得不怀疑我们决定的正确性。女儿认为这是"挽救"妈妈的最后一招，儿子也觉得别无选择，那还有什么办法！虽然转到Q医院已经属于"关怀治疗"，会文也觉得"老天爷真要收我了"，但会文"求生的愿望"还处处显露出来，我和孩子们也还期待可能出现的"医疗奇迹"。

上午我去医院，看到最近一次血常规和血液生化全项的检查结果，白细胞5600，血红蛋白10.1，血小板24.9万，基本正常。直接胆红素、间接胆红素和总胆红素均正常，胆固醇和甘油三酯也正常，但与肝功能相关的其他6项指标均不正常，说明现在的主要问题是肝脏问题。今天会文随我一起回家，觉得很累，腹部疼，上楼时几乎踩空了台阶，午饭吃得不多，生活质量已经不好。不治了行吗？治了就能好转吗？我反复地问自己。

1月6日午饭后，会文按要求回到Q医院。在儿子的努力下，新居已经装修得差不多了，我却高兴不起来，会文的病情发展得很快，超过了装修的速度，会文还能不能住进新居、享受新居带来的快乐，我们都没有把握。

我每次去Q医院探视会文，都要去见L医生，问他一些问题，L医生也总会向我介绍病人的一些情况，说说他们的打算，征求家属的意见。会文在这里治病，心情好、舒畅，有意见、有要求敢和医生说，许多病友有这样的反映，我的印象也这样。

1月16日上午我出席了我校磁共振研究中心挂牌仪式、北师大与西门子公司脑成像影像数据收集与处理联合中心成立仪式、北师大与美国班纳阿尔茨海默病研究所合作协议签字仪式。经过三年的努力，我们的磁共振中心终于挂牌，正式成立了！十年前，当我们开始转向语言的认知神经科学研究的时候，我们遇到了大量困难，其中最主要的困难就是没有研究设备和实验基地，那时，我们多么希望有自己的磁共振成像设备啊！

在焦虑中过春节

一年一度的春节临近，2月3日上午，会文让我带去两盒脐橙，由她亲自送到护士站，转交给医生和护士，感谢他们的辛勤工作和负责精神。一位负责输液的护士很感动地说："您送的脐橙真甜，如果病人都能像您这样体贴我们，就好了。"会文听了很高兴。晚饭后，会文又和我商量给XM加工资，两年来XM负责、认真、耐心地照顾会文，会文很感激她。今天女儿、女婿带着外孙女从美国回来，大家都高兴。

2月4日是农历立春，早上起来，我急忙准备了几样春饼的配料，有胡萝卜丝、韭菜、绿豆芽、炒鸡蛋、炒肉丝和盐水鸭，分别装在了几个食盒内，又准备了一个可以在微波炉中使用的蒸锅。9点左右，女儿和女婿来了，儿子和我我们4人一起来到医院，看望会文，中午在医院里吃了春饼，庆贺新春的来临，会文只吃了半个春饼，其他人吃得还不错。我期待新春能带来新的希望！

2月6日是除夕，按照习俗，晚饭我们吃了饺子，还做了一盘粉蒸肉，会文胃口不好，只吃了3个饺子。饭后，女儿回婆家，儿子陪我们看春晚。8点半，会文吃了一碗面片儿，是我们自己擀的。10点半，儿子和我一起外出，在西侧的丽泽路边放鞭炮和礼花，会文站在窗前欣赏。不知明年今日，会文还能不能再有机会看我们一起放鞭炮和礼花，我心里只觉得一阵茫然。

2月7日，起床后我们就不断收到电话和短信，问候我和会文。上午我亲自准备了几道菜，有红烧肉、粉蒸肉、百灵菇、焖豆角等。11点，女儿、女婿带着孩子来家里，我们在主卧照了几张合影，会文换上了一件红毛衣，昨天她没有来得及理发，与去年春节时相比，人消瘦了不少，精神自然也不如以前。中午全家吃年饭，有菜、有饺子，饭后，女儿和儿子去雍和宫替会文"请观音"，祈求"菩萨"为母亲降福，保佑母亲平安。

2月8日，早饭我给会文煮了麦片粥，蒸了一个馒头，会文嫌馒头硬，没有吃，只喝了一碗麦片粥。我着急地说："一定要好好吃啊，在某种意义上，吃饭比吃药更重要。"会文说："我知道要好好吃，但就是不想吃。现在我的体力已经很差，再差下去，就怕支撑不住了。"

第五编　守护与怀念

午饭后,女儿陪会文回医院输液,儿子提出回医院前再留几张合影,会文同意了。这些天会文的体力很不好,但她还是换上了一件红色毛衣,我也脱下那件深色的毛衣,换上了一件浅灰色的毛衣。儿子没有用数码相机,而是用了两台老式中画幅相机,一共照了三张照片,两张 4 人的合影,一张 3 人的合影。

下午 4 点,学生 Y 送来一束鲜花和一篮水果,和我聊起了毕业论文。我今年有 4 名博士生、3 名硕士生要毕业,想到他们的论文,我没有花力气指导,觉得很内疚。过去我一直主张,研究中导师要和研究生"摸爬滚打"在一起,才能做出好的研究成果,现在实在无能为力了。晚上我和儿子闲聊,我说:"看来爸爸真的应该'退'了。"

2 月 10 日,下午 5 点左右,会文起床,坐在沙发上看电视。她喜欢看电视剧,能记住许多演员的姓名,对有些演员的情况了解得很清楚,几乎是如数家珍。这方面我自愧不如,我从来都不记演员的姓名,也不认识他们的模样。

2 月 11 日,今天是正月初五,"财神爷"的节日,按习俗我们晚饭吃了饺子,会文胃口不好,只喝了一碗小米粥。饭后,儿子和女儿去楼前的空地放鞭炮,我陪会文坐在卧室的窗前观赏。8 点 50 分,会文觉得很累,要睡觉。9 点半,会文叫儿子过去,说胃很不舒服,忍不住吐了。看到会文被病魔折磨得日益消瘦的样子,我心里很难受,我不敢正视她。

2月21日,今天是元宵佳节。下午4点后,女儿、儿子和我先后来到医院,全家在一起度过了一个特殊的元宵节。5点钟,会文觉得有点饿了,先喝了我带去的肉汤,又喝了麦片。6点钟,女儿从外面买回来饺子和汤圆,大家围在一起"过节"。会文吃了2个饺子和半个汤圆,显得很高兴,也许是因为这几天吃得好一些,会文的状态有好转,下巴又显得"有点肉",不那么消瘦了。晚上9点过后,儿子和我回到家,在附近放了礼花,剩下三根香,儿子把它们点着了,插在地上,作揖行礼,愿上天保佑妈妈早日恢复健康。

回天乏术

自 2 月 25 日以来，会文的病情在持续发展，左肝的转移瘤长到了 7.3cm×6cm，而且压迫胆管，右肝出现了许多"牛眼征"，有少量胸水、腹水和髋关节积液，胆液也受到挤压。我们的心情都很沉重。

2 月 29 日，我去医院探视，下面是我和 L 医生的对话。

医生："肝上的肿瘤发展得很快，健康的地方已经不多了，现在只能采取措施'保肝'，别的治疗手段都不能再进行，勉强要做，治疗带来的坏处可能要大于好处，会加速病人的……"

我："中药抗癌药也不能再用了吗？"

医生："中药抗癌药同样是以毒攻毒，我们担心会伤肝，因此不能再用。"

我："下面还用什么？"

医生："准备继续用一些保肝药。"

我："根据你们的经验，病情将怎样发展？"

医生："可能会有短时间的平稳，像一个平台，但总的趋势是不好的，病人最后可能出现肝坏死，或者在肝坏死前出现其他器官的坏死。"

我："有个问题我一直不明白，为什么在去年8月进行射频治疗后，病情发展得这样快？从右肝上的一个小肿瘤，很快发展为多个肿瘤，又从右肝发展到左肝？"

医生："当时肝上只有一个肿块吗？"

我："是的，而且比较小。"

医生："这种情况适合做射频，但有一个前提假设，肿瘤没有转移到肝的其余部位，如果是这样，做掉它就好了。但是，如果还有其他部位已经被肿瘤侵润了，那么，压下葫芦升起瓢，那些潜在的病灶就会冒出来，而且发展很快。"

我："当时我们劝说病人要做全身化疗，但病人害怕，医生也不敢做，就没有做，留下了祸根，我真的很后悔！那种抑制肿瘤血管生成的药还能用吗？"

医生："现在不能用。如果在肝损伤前使用还可以，现在不可以。"

我："先留着这些药吧。"

医生:"可以,但我估计,再用的机会不大。"

看来,经过两个月的治疗,这里的医生得出了和肿瘤医院的医生相似的结论:没有治疗意义了。从医生办公室出来,回到病房,看到邻室刚刚又去世了一位病人,室外聚集着许多家属,我心中一阵难受,几乎难以控制住自己。

3月1日,午饭后和儿子聊天,我说:"生命和健康比钱重要,为了给妈妈治病,我不惜钱,但妈妈究竟还能维持多久,谁也说不清楚。爸爸最近心情很差,工作很忙,但不能告诉妈妈,妈妈也没有精力再听。我在外面的工作,是出于责任和义务,我不能对不起我的学生。现在家里很沉闷,没有活力和生气,我希望你能给家里带来一点活力和生气,我的心情你理解吗?"儿子点头说:"理解。"

3月6日,上午备课,下午讲课。这是本学期的第一堂语言心理学课,最近事情很多,加上要照顾会文,差点儿把上课这件大事忘了,好在自己早有准备,没有影响到上课的效果。

3月13日上午我去医院,一进病房就听到一个不好的消息,昨天Z医生来查房,发现会文脖子左侧出现了一个肿块,显然是新转移的肿大的淋巴结。会文很关心,让我去问L医生,我心里很清楚,会文的病情有了新的发展,看来一切治疗都已经无效,问医生还有什么意义!

下午我见到 L 医生，医生说得很直："病人的情况不好，而且趋势会越来越不好，家属要有思想准备。"

我问："是否没有稳定和逆转的可能性了？"

医生回答："是的。病人的肝脏上到处是肿瘤，稳定都很难，不可能再逆转。"

我问："根据你们的经验，病情会怎样发展下去？病人还能维持多长时间？"

医生回答："肝坏死，时间也就是一两个月。"

我问："在这种情况下，采用靶向治疗药还有没有意义？"

医生回答："可以试试，但不见得有效，还有风险。药很贵，用还是不用，由你们决定。"

我问："在中药方面，有没有新的办法？按照西医的说法，如果一种药在用药期间，病情还在发展，这种药就不能再用了。这个逻辑是否也适用于中药？"

医生回答："中药与西药不同，中药重在调理，需要较长的时间才能看出效果，不像西药，针对性很强，没有效果就不用了。我们也打算换一换药，但这些药可能都要自费。"

会文已经很久没有理发，花白的头发，很乱，更显出一副病态。下午我们请来一位理发师帮会文理了发，顿时精神了许多。理发时会文坐不住，我和 XM 分别站在她的两边，一人牵着她的一只手，好不容易才把头发理完，她实在支撑不住，没有洗头就上床躺下了。

这几天，会文的情绪显得很低落。晚饭后，儿子坐在她身边给她做全身按摩，会文说："前一段时间有些朋友要来看我，我拒绝了，现在是不是可以安排一下，让他们来看看吧！我知道治疗的效果不好，下面也没有什么治疗了，你们是否也要考虑一下后事，有些思想准备。"

3 月 17 日，上午给学生 L 去信，我在信中说："5 年内我可能要退休，但还希望把阅读障碍的研究做好，只要做好这件事，我就放心了。单老师的病情已经很严重，多处转移，在多方努力无效后，她的信心开始动摇，几次提出不再治疗，但我们不愿意'放弃'。我不怕工作劳累，但单老师的病使我感到有点'心力交瘁'。未来属于你们，希望好好干！"

3 月 21 日，天下着小雨，交通非常堵塞，我到医院时已经 9 点半，L 医生和 Z 主任的查房刚刚过去，没有机会见到他们。10 点半，我找到 L 医生，问了几个问题：(1)对病情如何估计，要不要现在让女儿回来？(2)会文鼻孔出血，原因可能是什么？他说，病情已经很严重，逆转的可能性很小；危险随时都可能发生，如何安排家属见面，应该由家属自己决定，医生无法提出具体建议；出血问题要注意，下次再出现出血，可以让医生看看。

3月24日，下午4点我赶到医院，从医生办公室出来，我的心情极差。来到病房，看见躺在床上的会文，她基本上处于昏迷状态，说话声音很低，我说："会文，我来了。"她睁开一只眼睛看着我，脸上毫无表情。

3月27日，学生YJ和YY去医院看望会文，会文关心地问起YY的身体情况，YY说："没有问题。"会文微笑着表示"这就好"。YJ坐在会文身边，念了学生们的慰问信，会文说："谢谢大家了！彭老师因为我的病，耽误了许多时间，对不起大家。你们都很忙，就不要惦记我了。"

3月29日，女儿带着外孙女从美国回来。30日下午去医院看望会文，进入病房后，我走到床头，轻轻对会文说："女儿昨天回来了，她不放心，想回来照顾你，外孙女也回来了，准备临时安排在学校的幼儿园。"会文见到女儿和外孙女，神情非常麻木，只有一丝笑容。会文应该很高兴，但她已经"没有气力"高兴了。昨晚同病房的那位病人闹得比较厉害，会文没有睡好，今天她的精神很差，整天迷迷糊糊，总说不舒服，但又说不清楚哪里不舒服；想坐一会儿，好不容易扶她坐起来，不到两分钟又说累，让我们帮她躺下；让她吃晚饭，她不吃；晚上8点，会文突然对儿子说："你们把大家都叫来吧!"问她要叫谁,她没有说,问她想谁,她说外孙女,说完又睡着了。

我对女儿说:"我本来希望妈妈的病不要对你们有很大影响,我一人'扛下来'就行了,没想到事情会发展到今天这样!"

最后的日子

4月3日，早上XM来电话说，会文想吃一种传统的蛋糕，让我们带过去。女儿买了三四种点心带过去，会文说不是。中午我又买了两种点心带过去，会文睡着了。4点多，她醒过来，我走过去说："会文我来了，你看这几种蛋糕对不对？"她只摇摇头，轻轻说了声"不对"。接着五弟又到附近的超市买了三四种蛋糕，回来后她还是说不对。这时已经5点多，我问："你要的是哪一种？我再去买。"过了很久她才说出来："是喜饼，5元一包，5个的。"五弟还要去，我说："我知道哪里有，我去吧！"我找了几个地方，最后在一家百货商场的地下超市买到了喜饼，不是5元一包，而是2.9元一包。喜饼买来了，她只看了一眼，不吃。就像前两天她想喝茶，让我买茶叶，我带去了她平日最喜欢喝的茶叶，结果她只喝了一次，就不喝了。

4月4日，清明节，据说是"阴阳交替"的日子，垂危的病人熬过了这个节日，后面也许会慢慢好起来。但愿是这样！

快三年了，我和会文一直在和命运进行抗争，我们有过许多幻想和期待，也经历了无数次的打击和失望，我知道"凡人皆有一死"的真理，但理智和情感有时却无法统一。多少年来，都是会文支持我的工作，关心我的身体，催着我看病治病，而我对她的照顾不够。我们有过一次值得回忆的英国之行和一次美国之行，也一起去过张家界和桂林，仅此而已。我原来期待，在我退休后，一定要陪会文游山玩水，国内外到处走走，没想到在我还为实验室的"成果"拼搏时，她却先病倒了。三年来，我用日记记下了我们的经历，原以为这是一部"向绝症宣战"的记录，胜利一定属于我们，我不相信命运，但又不能不接受命运的安排。

4月5日下午4点半，儿子从医院打来电话，说："妈妈让您马上来医院，最好打车过来，她有话跟您说。"我急忙打车赶到医院，问："会文我来了，有什么事情？"她睁开眼睛对我说："弟弟来了，在楼道里，你去看看他。"我赶紧问护工有没有这回事。护工说，没有来。我俯下身来对会文说："弟弟没有来。"会文固执地说："来了，你不要和我抬杠。"我只好依着她说："是来了，我再去看看他。"后来，她还谈到和我母亲在一起的时候："她是一位好母亲……"因为声音很小，许多话我没有听清楚。这些天，会文常常出现幻觉，而且变得很执拗，夜里2点多还让XM给我们打电话，让我们去医院。XM劝阻后，才放弃了这个想法。

4月6日，按照会文的要求，上午7点45分我赶到医院陪她"聊天"。她几次对我说："我不想活了，我太难受。"我只好劝她："不要说这种泄气话，什么时候都不能向疾病低头。"她说："我知道，但我太难受了。"下午有博士生复试，我只好赶回学校。

4月7日，一大早XM从医院打来电话，说昨晚11点后会文喊痛，闹得很厉害。XM叫来值班医生，前后打了几针，才睡过去，今天早上怎么也叫不醒。我急忙赶到医院。会文昏睡在床上，张着嘴，呼吸比较急促，嘴唇发黄，没有血色。我请来值班医生，他喊了几声"老单"，没有反应，接着检查了一下瞳孔，捏了捏上眼皮。我问医生要不要紧，要不要把孩子们叫过来。他说现在问题还不大。我问，要不要输血。他说可以输，今天可以申请，先少输一点再看。

4月8日，昨晚10点多，会文开始喊痛，大声叫："妈妈，妈妈，我痛，来救救我，没人管我了……让医生来打针。"护工叫来值班医生，医生又开了一针止痛药，半小时后才安静下来。

上午10点学生W来医院看望会文，她是昨天刚从美国回来探亲的。小W走到会文的床前，俯身对会文说："单老师，我是小W，来看您。"会文闭着眼睛没有反应。11点左右，会文醒过来，双手在前胸抓挠着，嘴里低声地说："我难受，太难受了。"我慢慢抚摸着她的双手、前胸和双腿，等她稍微平静下来，我低声说："会文，你看谁来了。这是小W，她从美国回来看你。"会文微微睁开眼睛，叫了声"WCX"，又闭上了。

我告诉XM，晚上会文再闹时，尽量用语言安慰她，抚摸她，不到万不得已不要轻易注射镇静药或止痛药。XM告诉我，这几天半夜三更的，会文常常说有人站在窗户边，让她把窗帘拉上，或者说有人站在床头，让人听了害怕。

4月9日上午，几位较早毕业的学生去医院看望会文，他们分别是从福建、香港和泰国专程来京探望会文的。当几个人步入病房时，会文认出了他们每一个人，叫出了他们的名字，还说："你们拿着我的手，救救我。我怎么会到医院来的？我难受，没有人管我。"

我要回家

4月11日,会文想回家,"回家"问题是病人的一个心理问题,7号床的病人同样也要求回家,可能是思念家人,也可能是想在家里走完自己的人生道路。这个愿望是否应该得到理解和尊重?在病情非常严重的情况下,回家就等于放弃治疗,现在能做出这个残酷的选择吗?

今天会文清醒的时候比较多,话也比较多,但声音很微弱,听起来很吃力。会文一定让我陪着她,我说:"好!我在这里,一直陪着你。"午饭后,会文让我准备5份礼物,分别送给几位护理过她的人、同病房中另一位病人的护工和病房护士长,规定每份200元,说完让我马上去买。我急忙去附近的商场,选购了两大包小礼品。回来后,会文要我拿给她看,确定我买了,花的钱也差不多,还当着她的面分成了5份,催我马上送给大家,办完这件事,她才平静下来。下午醒来后,她要纸笔,说要写字。我们扶她坐起来,拿来纸笔,交给她。她的手抖得很厉害,试了几次,都没有写成。我扶着她的手,也不行,最后只好让她把想法慢慢告诉我们:"我要回家""让我休息,大家也都休息"。"回家"似乎是病人的一种"强迫症",任何劝说和讲道理都无济于事,这也许是会文的最后一个选择和祈求,我没有理由不尊重。

4月14日,我们决定分头去办几件事:我和女儿去医院跟医生商量"回家"问题,听听医生的建议;儿子留在家里收拾床铺,为接妈妈回去做准备;同事BG负责和校医院联系,希望请校医院的护士来家里给会文输液,或者请社区卫生服务中心的医生来家里出诊。在医院,我们和L医生商量"请假回家"的问题,L医生说不行,除非家属同意办理出院手续。

4月16日,早上5点起床,我给几位同事和朋友发短信,谈了我在"会文回家"问题上的矛盾心情,什么是病人现在最大的需要?看到会文无力而固执地要求回家,我真不忍心拒绝她。在医院,我和五弟单独讨论了会文回家的问题。他认为,回家对病人不利,会加快病人的死亡;对家属也不利,回家后会面临大量问题,大家都承受不了,最后会把大家拖垮,要尽量说服病人不要回家。我觉得五弟的话朴实而有道理,原计划和女儿去医院和医生正式谈回家问题，听了五弟的意见，我又动摇了。

4月17日，今天会文说话的声音比昨天大，但仍听不清楚她说了些什么。XM说，从早上开始，会文就"闹情绪"，要XM给她穿衣服，回家，不然就不吃不喝。XM哄她说，吃饱了才有力气回去，她才答应吃饭。真没想到，会文会因重病失去语言能力，给我们最后这段日子带来难以弥补的遗憾。晚上8点半我回到家里，电视中正在播放电视剧《雪狼》的最后一集，片尾曲有这样一句话："来生还愿意相逢，说完那些没说完的话"，我心里产生了共鸣。会文想回家，看着她抱怨和失望的眼神，我的精神都快崩溃了。

4月18日，女儿请假回来探望妈妈已经三周，今天不得已要回美国，我决定去机场送她。上午女儿带着孩子去医院看望妈妈，会文很高兴，但没有力气表达自己的喜悦心情，临别时也只是木然地看着女儿和外孙女，我问她有什么话要说，她竟然一点反应也没有。孩子远道回来，还带着女儿，临走时让她自己去机场，我实在于心不忍。我告诉会文，想代她去机场送送女儿，她点头答应了。我们不到2点就到了，办好登机手续，我送她们到入口处。看着女儿带着孩子渐渐远去的身影，我突然一阵心酸，忍不住掉下泪来。返回时坐在车上我给女儿发了一条短信："妈妈的日子可能不长了，留下了许许多多的遗憾，但大家的生活还要继续，希望你们能振作起来，按照妈妈的愿望继续前进。祝旅途平安！"

为了解决会文回家后的"抢救"问题，我联系了离家很近的一家医院，但医院的一位我认识的科主任告诉我，肿瘤科只有32张病床，却住了40多位病人，连楼道都住满了，床位非常紧张。这个情况让儿子也觉得为难了，如果把会文从Q医院接出来，不能在很短的时间内找到医院住进去，回家的风险就太大了。今天儿子没有去单位上班，本想去医院接会文回家，但由于回家后的安排没有落实，大家又都犹豫了。

4月23日，天气阴冷，气温反复无常，太阳偶尔出来，但很快又被密云遮住了，这种天气对病人特别不好，是一种"夺人性命"的天气。按照会文的愿望，上午我去医院给护士站和医生办公室各送了一盒牛初乳酸奶和一盒牛奶。看到会文的血压和血氧水平基本恢复正常，我离开医院回家取会文的电话地址本，打算通知会文的几个要好的朋友，抓紧时间去医院看望会文。没想到下午5点我再次回到医院时，会文的情况急遽变化，血压时而50mmHg/26mmHg，时而70mmHg/40mmHg，极不稳定，呼吸很急促，只有出气，没有进气，眼睛已经失去光泽，看上去很吓人。我急忙找来值班医生，医生说病人已经很危险。我们提出，希望医生进行抢救，争取再延长病人一天的时间，等女儿从国外赶回来。医生说会尽量努力，能不能做到,没有把握。晚上7点50分左右,我们又请来一、二线医生。他们让家属全部退出病房,进行了抢救,8点05分,医生打开房门对我说,抢救无效,病人已经不行了。我急忙走到病床前,会文静静地躺在床上,神情异常安详,我把手放在会文的鼻孔前,会文已经完全停止了呼吸。我急忙把儿子叫进来,告诉了他这个可怕的结果。会文离开我们走了。与命运抗争了两年九个月,我们还是失败了!

深切怀念

会文逝世的消息很快在亲戚和朋友中传开了。从早到晚我都在家里接待大家的来访和慰问，有心理学院的两位领导，认知神经科学与学习研究所的几位老师，女婿的爸爸和妈妈，会文的老朋友 Z 老师，我的姐姐和外甥女，还有一批昔日的学生，另外还收到许多学生、朋友和同事的唁电。

学生 L 在信中说："单老师是那么好的一个人，她的音容笑貌总是浮现在我的脑海里，每次听到单老师的声音都感觉那么亲切。每次在散步时碰到单老师，她总是拉着我的手，问我最近忙不忙。记得去年夏天，单老师把您帮她拍的照片拿给我看，问我照片里她的样子像不像一个病人，当时我差点儿掉下泪来。我知道这个时候劝您不要难过也无济于事，但我还是希望您能够保重自己的身体。孩子们需要您来照顾，学生们需要您来指导，研究所和实验室的发展也需要您出谋划策。最重要的是，单老师肯定希望您能走出悲伤，像以前一样愉快地生活。"

4月25日，我继续收到许多学生的邮件和短信。学生M在来信中说："不久前单老师还嘱咐我，多吃鸡蛋孩子眼睛大，而今单老师已经到了另一个世界。我们都很爱很爱单老师，相信我们的爱会让单老师走得很平和。"M的爸爸因患肿瘤去世不久，她和妈妈也还沉浸在失去亲人的痛苦中。在信中她还说："离开的人希望我们生活好，我爸爸临走时说，他会保佑我们所有人都生活得好，所以为了离开的人，我们都要好好珍重自己，要好好保重身体，这是单老师最希望看到的。"

4月26日，上午实验室负责人来家里看望，我又收到几位学生从中国香港、美国、加拿大和英国的来信或电话。Q是我早年的一位硕士研究生，求学期间，他得过病，生活中遇到过一些困难，后来去美国深造。他在信上说："回想起在北师大的时光，您给了我学术上的教诲，而单老师给了我更多情感上的关怀，她就是您每个学生的'慈母'，对我们这些家在外地的学生，她总是格外关心和照顾。记得有一次，我去您家询问科研的事情，单老师对我嘘寒问暖，'学习累不累？生活过得好不好？父母身体怎么样？'这一切仿佛就发生在昨天。出国后，和单老师通电话，她还惦记着我在国外的生活，担心我的心情。这些都是只有妈妈才真正关心的事情。虽然单老师只是我的师母,但是在我心中她就是我的另一个母亲。我相信单老师是快乐地离开的,我也相信单老师一定会永远关心着您。"看到学生们的来信,我不由得流下了眼泪。

5月6日,中午我给Q医院肿瘤科Z主任和L医生写信,下午去医院结账,并送去了一些没有用完的贵重药品,打算全部捐献给医院进行与肿瘤相关的基础研究和临床研究。信中除对医护人员表示感激外,我还结合自己在医院的见闻,提了一些意见和建议:

1. 在药物治疗的同时,希望能关注病人的心理健康。病人住院之初,我就发现你们肿瘤科有一个心理治疗室,心里很高兴。肿瘤病人不仅存在严重的身体疾病,也存在严重的心理疾病。病人是否对治疗有信心,能不能战胜对"死亡"的恐惧,是治疗过程中从始至终要解决的一个问题。老单住院前,由于多次受到"治疗无效"的负面影响,对治疗越来越失去信心;住院后,因为知道医院要采用靶向治疗与化疗相结合的方案,又有中药的调理,她觉得"有救"了,因而重新燃起了"活下去"的希望,这时她的心情和身体状态都比较好。但是随着治疗时间的延长,肝功能无法恢复,CA125持续上升,这种信心遭受到一次又一次的打击。原来她非常羡慕7号病床上那位姓X的老师,让我们打听她的经验,为什么她恢复得那么好。

X老师的突然离世，给她心理上造成很大压力。从X老师去世后的第二天，她就开始拒食、拒饮。我们看了很着急，但一筹莫展，不知如何处理。造成老单丧失信心的另一个原因，是她失去了正常的语言能力，不能和家属交流，不能表达自己的思想和感情。我们看出来她非常着急，从她的眼神中看到了她的失望和苦恼，但我们无计可施、无能为力。当时有人向我们建议，给老单念一些过去让她高兴、值得回忆的事情，拿一些她过去的照片给她看，激起她继续生存的欲望和信心。我们这样尝试了，但一切都为时太晚，她已经失去了接受这些信息的基本能力。再有，许多濒危病人强烈地要求回家，这是我们在治疗后期觉得非常棘手的一个问题，我们左右为难，不知如何处理。我设想，如果你们心理治疗室的医生能走进病房，及时了解病人在治疗过程中出现的种种心理问题，为病人和病人家属搞一点"病房内"的心理治疗讲座或咨询活动，有针对性地解决病人的一些心理问题，配合药物治疗，开展心理治疗，也许对病人的治疗会产生意想不到的效果。

2. 建立濒危病人急救室或观察室。在老单住院期间，她亲眼看到了4位病人离开人世，其中7号病床就走了2位。在第一位病人临危时，老单身体还好，她不愿意看到这种场面，就自己把铺盖搬了出来，临时住进了隔壁的男病房，避免了一次情绪上的重大冲击。

第二次，当X老师病危时，老单身体很弱，只能看着、听着一位熟悉的病友离开人世。这种情况对一位病情严重的人来说，是很残酷的。因此，我建议从病房中开辟一间濒危病人急救室或观察室，把实在无法继续治疗的病人临时安排进去，尽量不要让"轻病号"目睹死亡的情景。

3. 每到节假日或双休日，医院的楼道就都上锁了，我想这样做是为了管理上的方便。但是，如果病房里出现失火一类的问题，大家只能挤上一个小小的电梯，这将非常危险。因此我建议，要开放楼梯，加强巡逻，保证楼道在任何时候都是通畅的。

4. 老单走后，留下了一些药品，其中有一些比较贵重的。如何处理这些药品不造成资源的浪费？我想到两种方案：(1)部分药品捐献给你们做临床研究用，如果你们也做动物实验，我想有些药品是可以使用的；(2)低价转让给有需要的病人。对负责转让的医生，我们将另外酬谢。

5月7日，我把会文1999年和我在英国纽卡斯尔访问时的日记录入计算机。当时我就知道，会文外出时经常为上厕所感到烦恼，这是会文的日记中记载得很多的一件事情。为什么会有这个毛病？与卵巢癌有什么关系？在会文病危的日子里，她还是为小便失禁感到苦恼。我一边读日记，一边很后悔，如果从英国回来后，按期退休，自己肯定会有更多时间关心会文的健康，陪她或督促她去医院检查。如果能早些检查出问题，结果可能就完全不同了！真是鬼使神差，从英国回来后，我一下子转向了认知神经科学研究，在沉重的研究任务压力下，根本没有时间关心她的健康，以致造成现在这个无法弥补的损失！

5月8日，在会文临危的日子里，因为我的听力下降，影响到我和她的正常沟通，让我苦恼万分。会文走了，我决心要对自己的听力做一次认真的检查，并选择佩戴助听器。整理会文的"旅英日记"时，我看到许多旧照，心情很不好。

5月10日，上午我继续整理照片，将照片分为25个主题，每个主题有4~6张，其中有60张左右我想对其进行扫描。收到女儿来信，她支持我将照片整理成册。

5月12日，上午约学生L来家里谈毕业论文。下午快3点时，接到一位朋友的电话，说刚刚发生了地震，在大楼里办公的人都吓得从楼上跑下来了。3点钟，我去办公室，学生告诉我，地震的中心在四川，约7.8级。学生M的家在四川，她给家里打电话，没人接，估计家人都没有待在家里。今年5月的天气很不正常，本该热起来了，却连日很凉，晚上睡觉后半夜都冷醒了，不知和地震有没有关系。

5月13日，昨天的地震发生在汶川，已逾万人遇难，真是天有不测风云，人有旦夕祸福！又有多少人死于天灾，又有多少家庭被毁于一旦！

5月14日，气温连续偏低，四川地震灾区还下了大雨，"老天爷"好像故意在作弄人，让人在地震后也无处安身。

5月15日，为了支援汶川灾区，我去家属委员会捐了1000元救灾款，捐款人写了单会文。过去每当国内发生灾情时，会文都会主动捐钱、捐衣服被褥等，现在会文不在了，我要代替她完成这个心愿。

后记　生命的有常与无常

会文离开了我们，留下了许许多多的遗憾。在她走的时候，只有我和儿子守候在她身边，她最终没能见到女儿，没能再一次抚摩她疼爱的大外孙女，没来得及向她所有的亲人、好朋友以及所有她关心同时又关心她的学生告别。

2011年，女儿有了第二个孩子，给我寄来了照片，我把照片放在了会文的遗像前，告诉她我们有了第二个外孙女，同样长得很可爱，希望她高兴。但会文没有见过她，不能亲耳听她稚嫩地叫一声姥姥。她答应过我，等我退休后，一定要陪我去游山玩水，去儿子和女儿家长住一段时间，这也成了泡影。会文生前和我一直住在70平米的房子里，没有住过宽敞的地方。后来我们买了新居，期待着乔迁后的喜悦，但她离开得太早、太突然，这个愿望也没有实现。她平日生活节俭，不随便花钱，我想让她在新居装修时痛快地花一次钱，这个愿望也落空了。她走了，带走了这一切，带走了所有美好的愿望，我只好把它们深深地埋藏在心中，留在我的日记里。

会文离世后，在一段时间内，我陷入了"悲痛"和"后悔"这两种负性情感的交织折磨中。一想到治疗过程中的种种"失误"，我就总是追悔莫及，无法摆脱"究竟错在哪里"这个最揪心的问题。我设想过，如果早在1999年或2002年就发现了会文的疾病，早些进行治疗，情况是否会好很多？如果在第一次手术时，就切除了肝脏上的那颗"定时炸弹"，还会有后来肝脏上的病变吗？如果坚持说服会文继续化疗，事情会不会是另一个样子？我的思想陷入了"生命无常"的定见，难以自拔。

我把日记寄给女儿，提出了这些问题，得到了她的回信："关于妈妈的病，你已经尽了最大的努力，有些事情不是主观愿望能逆转的，比如妈妈肝脏的问题，即使一开始就切除，肿瘤可能依旧会往肝上种植，切了这边，那边又会长。自然界中有一些人类无法超越的力量，或者说是人类现今还未能理解或认识的客观事实，我们只能基于目前对它的认识尽最大的努力，很难说怎样是对或错，结果如何是很难由我们控制的。这也许就是'生命科学'不同于其他学科之处吧。"

儿子也时常劝我要想开点，他是一个喜欢探究问题的人，遇事总愿意问个为什么，常常和我讨论一些问题的原因和结果，因此我们会讨论到"有常"和"无常"的关系。他觉得，人的生命或许是一种"有常中的无常"，正如人们时常感到生命在自然中的超越性一样。也正因为生命的无常，那看起来十分确定、有常的死亡就不应该是这个生命的结束和限定（否则就是纯粹的有常），而可能是一道门，使生命通过它进入无常之上的另一层有常，或许那"更高的有常"正是一个让生命真正自由的地方。

若干年后的今天，反观自己的这段人生经历，作为一名心理学工作者，我想从心理学的视角重新审视它，提供一种框架来应对生命的无常感以及克服失去亲人的悲伤，希望对有同样经历的人有所帮助。

一、面对和舒缓悲伤

悲伤是对亲人去世最自然、最直接的反应。心理学家伊丽莎白·库伯勒-罗斯提出了"悲伤的五个阶段"（否认、愤怒、讨价还价、沮丧和接受）学说，尽管我没有明显的五个阶段的经历，但沮丧和接受这两个阶段一直在反复进行，而且呈现逐渐衰减的趋势。

会文离世后，我首先在会文的安葬活动中自己设计了《会文永远活在我的心中》和《会文旅欧日记》两篇书画集，一式两份，一份陪葬，永远留在她的身边；一份由我保存，寄托我的哀思，舒缓我的悲痛。每当我思念她的时候，我都会拿出来看看，随着看的频率逐渐下降，悲痛的心情也逐渐减少。

另外，记日记也是一种方法，对寄托哀思有很好的作用。生活在继续，我记日记的习惯也坚持了下来，它陪伴我走过随后的岁月，并一直成为我调节自己心态、反省自己行为、鼓舞自己前进的工具。我希望这本《千日不匆匆：一位心理学家的生命日记》能够出版，这也是我寄托思念的一种方法。

二、承认生命的脆弱和无常

"有常"和"无常"的概念来自我国古代哲学家荀况的《天论》：天行有常，不为尧存，不为桀亡。"有常"就是说自然法则是客观存在、恒久、必然的，它不会因为任何人的善恶、存亡而改变，所以终究可以被人认知和领悟。"无常"就是相反的含义，对应着许多自然现象，它处在捉摸不定之中，人们完全无法用理性（本身也是有常）去认识和预测。

面对亲人的离世，尤其是在经历了长期的疾病和治疗过程后，人们常常会深刻感受到生命的脆弱和无常，这种认识可以触发深层的心理反思，促使人们重新评估自己的生活价值观和目标。20 世纪中叶存在主义心理学的提出者维克多·弗兰克尔强调，正视生命的终结性和无常是寻找生命意义的重要一步。在第二次世界大战中，他身陷纳粹的集中营，受尽折磨，但他仍认为，在面对生命的苦难和无常时，寻找生命的意义应该成为人类存在的核心追求。

生命的无常还暗示我们，变化是生命自然的一部分，无论是我们的身体、情感、思想还是外部世界，都在不断地流动和变化之中。在日常生活中，生命的无常表现在生老病死、季节更替时的身心变化、人际关系的变化等方面，这要求我们发展出一种灵活性和适应性，以及对不确定性的接纳能力。

从心理学的角度看，接受生命的无常有助于我们适应生活中的变化和失去，学会放手，减少对不可控事物的焦虑和恐惧，也鼓励我们活在当下，珍惜每一个瞬间，因为未来是不确定的。与生命的无常相对的是生命的有常，是认识到尽管细节不断变化，但生命和宇宙中依然存在着一定的规律和秩序，在多种文化和宗教传统中，生命的有常体现为自然规律、道德法则或宇宙原则，这些规律引导着宇宙和生命的运行。生命的无常和有常并不是相互排斥的，而是相互依存和交织的，无常提醒我们生命和世界的变化性，鼓励我们保持开放性和适应性；而有常给予我们稳定性和连续性，为我们提供了一种理解世界和自己的方式。通过认识到生命的这两个方面，我们可以更全面地理解人类的经验，更加平衡和谐地生活。

在面对生活的挑战和变化时，同时保持对生命无常的接纳和对有常规律的信任，可以帮助我们在不确定中找到平静，在变化中发现持久的意义和价值。这种动态平衡是许多心理健康和精神实践的核心，目的是促进个人的内在成长和心灵的和平。

三、恢复与成长

尽管失去亲人是一次极其痛苦的经历，但人们有能力从中走出来，甚至实现所谓的"创伤后成长"。也就是说重大创伤的经历，有助于培养坚强的意志、克服困难的勇气，从而能够在某些方面实现心理成长，迎接新的生活以及精神上的变化。

在遭遇失去亲人的悲痛后，最重要的是"自我调整"。经过一年多的"自我调整"，我的心情终于慢慢平静下来。我回到了实验室的建设工作中，回到了紧张的研究工作中，也回到了学生中。实验室的建设和发展需要我，学生的培养和教育也需要我。2005—2008年，是我和会文共同抗击病魔的3年，也是实验室快速建设和发展的3年。实验室的兴旺发达和蒸蒸日上，人才的成功引进和迅速成长，给我带来了很大的快乐、安慰和鼓励。

四、寻求支持和帮助

在这一过程中,社会的支持、朋友的帮助、亲人的关怀不可缺少。与亲友和同事分享个人的感受和经历,可以缓解孤独感,提供情感上的慰藉,帮助人们在悲伤中找到缓解。在这方面,我特别得到了学生、同事的支持和帮助,他们在来信中告诉我:"我非常能理解您的心情,单老师的治疗,您已经尽了全力,这种病确实不是人的努力可以左右的,我已经知道太多类似的例子。您对科学研究的追求和已经做出的成就,大家都非常钦佩,希望您能继续贡献,完成自己的心愿。"没有这些帮助,我无法想象我将怎样走出悲伤和困境。

生命的无常让我们时常面临着失去、悲痛和重新寻找生命意义的挑战,通过心理学的视角,我们可以更好地理解这一过程,并找到应对策略,支持自己和他人在面对生命无常时的情感和心理需求。在悲伤和恢复的旅程中,接纳自己的感受并逐渐寻找新的生活意义和目标,这是一个逐步向前的过程。这也是我的这篇日记的旨意所在。